Der Schäferroman des spätantiken Dichters Longus, der im 3. Jahrhundert nach u. Z. in Lesbos lebte, hat einen nachhaltigen Einfluß auf die europäische Literatur ausgeübt. Bukolik und Schäferdichtung bestimmen einen wesentlichen Teil der Dichtung des Rokoko. »Das Gedicht ist so schön ... daß man den Eindruck davon, bei den schlechten Zuständen, in denen man lebt, nicht bei sich behalten kann und daß man immer von neuem erstaunt, wenn man es wieder liest. Es ist darin der hellste Tag, und man glaubt lauter herkulanische Bilder zu sehen... Das ganze Gedicht ... verrät die höchste Kunst und Kultur.« *Goethe*

insel taschenbuch 136
Longus
Daphnis und Chloë

LONGUS
DAPHNIS UND
CHLOË

EIN ANTIKER LIEBESROMAN
AUS DEM GRIECHISCHEN ÜBERSETZT
UND MIT EINEM NACHWORT VON
ARNO MAUERSBERGER
MIT ILLUSTRATIONEN DER
›ÉDITION DU RÉGENT‹
INSEL VERLAG

Mit den Illustrationen
der ›Édition du Régent‹ (1718)
von Philippe d'Orleans
und Charles-Antoine Coypel.
Den Vorlageband für die
Illustrationen stellte uns
freundlicherweise die Stadt- und
Universitätsbibliothek Frankfurt
am Main zur Verfügung.

insel taschenbuch 136
Dritte Auflage, 15. bis 18. Tausend 1981
Lizenzausgabe mit freundlicher Genehmigung der
Dieterich'schen Verlagsbuchhandlung Leipzig/DDR
Vertrieb durch den Suhrkamp Taschenbuch Verlag
Umschlag nach Entwürfen von Willy Fleckhaus
Druck: Nomos Verlagsgesellschaft, Baden-Baden
Printed in Germany

PERSONEN DES ROMANS

Daphnis
Chloë
Lamon / *Myrtale* — Pflegeeltern des Daphnis
Dryas / *Nape* — Pflegeeltern der Chloë
Dionysophanes / *Klearíste* — Eltern des Daphnis
Astylos, Bruder des Daphnis
Gnathon, Parasit des Astylos
Eudromos / *Sophrosyne* — Bedienstete des Dionysophanes
Megakles / *Rhode* — Eltern der Chloë
Philopoimen / *Agele* — Kinder von Daphnis und Chloë
Dorkon / *Lampis* / *Philetas* — Rinderhirten
Tityros, Sohn des Philetas
Amaryllis, Geliebte des Philetas
Chromis, Bauer
Lykainion, seine Geliebte
Bryaxis / *Hippasos* — militärische Befehlshaber

VORREDE

Als ich einmal auf Lesbos der Jagd nachging, erblickte ich im Hain der Nymphen das schönste Kunstwerk, das ich je gesehen: ein Bild, die malerische Darstellung einer Liebesgeschichte. Gewiß, auch der Hain war schön, reich an Bäumen, voller Blumen und gut bewässert; eine einzige Quelle speiste alles, Blumen und Bäume. Aber noch beglückender war das Bild und von auserlesener Kunst; es zeigte das Ergehen der Liebenden. Darum kamen auch viele Fremde, seinem Rufe folgend, herbei, die Nymphen im Gebet anzurufen und das Bild zu betrachten. Gebärende Frauen waren darauf zu sehen und andere, die ihre Kinder in saubere Windeln legten; da sah man Kinder ausgesetzt und Tiere, die ihnen Nahrung boten. Man erblickte Hirten, die sich der Kinder annahmen, und junge Leute, die sich in Liebe fanden; Räuber machten einen Streifzug, und Feinde fielen in das Land ein. Ich sah noch manches andere, und alles kündete von Liebe, und über meiner Bewunderung ergriff mich das Verlangen, wetteifernd zu dem Bilde eine Erzählung zu verfassen. Ich suchte nach einem Kenner, der das Bild zu deuten verstände, und arbeitete dann vier Bücher aus: ein Geschenk an Eros, die Nymphen und Pan, ein beglückender Schatz für alle Menschen, geeignet, Liebeskranke zu heilen, Betrübte zu trösten; bestimmt, Erinnerungen bei dem zu wecken, der die Liebe genoß, und dem den Weg zu weisen, der sie noch nicht kennengelernt. Denn es ist bestimmt noch niemand der Liebe entronnen, und es wird ihr keiner entgehen, solange es Schönheit gibt und Augen, die sehen. Uns aber möge der Gott der Liebe gewähren, daß wir ohne eigene Anfechtung von anderer Liebe berichten.

ERSTES BUCH

1 Auf Lesbos liegt Mytilene, eine große, bezaubernde Stadt; sie ist von Kanälen durchzogen, in die das Meer einströmt, und mit Brücken aus glattem weißem Marmor geschmückt. Man könnte meinen, eine Insel vor sich zu haben, nicht eine Stadt. Von ihr etwa zweihundert Stadien entfernt lag das Landgut eines wohlhabenden Mannes, ein herrlicher Besitz: da gab es Berge, die Wild hegten, Ebenen, die Weizen trugen; da gab es Hügel mit Weinreben, Weideplätze für Herden, und das Meer bespülte das weithin sich erstreckende Gestade von feinkörnigem Sand.

2 Auf dieser Flur weidend, entdeckte eines Tages ein Ziegenhirt, Lamon genannt, ein Kind, das von einer seiner Ziegen genährt wurde. Es befanden sich dort im Walde ein Dornengebüsch mit rankendem Efeu und weicher Rasen, auf dem das Kind lag. Dorthin pflegte die Ziege immer wieder zu laufen und war oft nicht mehr zu sehen: sie ließ ihr Zicklein im Stich und blieb bei dem jungen Menschenkinde. Lamon beobachtete das Hin und Her und empfand Mitleid mit dem vernachlässigten Zicklein, und als die Sonne im Mittag stand, ging er der Spur nach und sah, wie die Ziege vorsichtig um das Kind herumlief, um es ja nicht beim Auftreten mit ihren Hufen zu verletzen, und wie das Kind die ihm zuströmende Milch wie aus der Brust einer Mutter trank. Er wunderte sich natürlich, ging näher heran und fand einen Knaben, groß und wohlgebildet und inmitten von Beigaben, die zu prächtig waren für das Los eines ausgesetzten Kindes:

es lag da ein purpurnes Mäntelchen, eine goldene Spange und ein Dolch mit elfenbeinernem Griff.

3 Zunächst dachte er daran, nur die Erkennungszeichen an sich zu nehmen und sich um das Kind nicht weiter zu kümmern. Dann aber schämte er sich, nicht einmal soviel Hilfsbereitschaft aufzubringen wie eine Ziege, wartete den Einbruch der Nacht ab und brachte alles zu Myrtale, seiner Frau: die Erkennungszeichen, das Kind und auch die Ziege. Myrtale verwunderte sich sehr, wie Ziegen Kinder zur Welt bringen könnten; Lamon aber erzählte ihr alles: wie er das Kind ausgesetzt gefunden, wie er es saugen gesehen und wie er sich geschämt habe, es dem sicheren Tode preiszugeben. Da sie auch seiner Ansicht war, versteckten sie die mit dem Kinde ausgesetzten Gaben, betrachteten den Knaben als ihr eigenes Kind und überließen der Ziege die Ernährung. Damit nun auch der Name des Knaben nach einem Hirten klinge, beschlossen sie, ihn Daphnis zu nennen.

4 Es waren bereits zwei Jahre verstrichen, da kam ein Hirt namens Dryas, der auf der angrenzenden Flur weidete, auch zu einem ähnlichen Fund und Anblick. Es stand da eine Nymphengrotte, ein gewaltiger Fels, innen hohl, außen rund. Die Bilder der Nymphen selbst waren aus Marmor gemeißelt: die Füße unbeschuht, die Arme bis zu den Schultern bloß, das Haar bis zum Nacken locker herabfallend, ein Gürtel um die Taille, ein Lächeln um die Augen; die ganze Gruppe stellte einen Reigen tanzender Nymphen dar. Der Eingang der Grotte befand sich genau in der Mitte des Felsmassivs. Aus einer Quelle im Inneren der Grotte

sprudelte Wasser auf und ließ ein Bächlein fließen, so daß sich vor der Grotte auch eine ganz herrliche Wiese ausbreitete, deren üppiges, zartes Gras aus der Feuchtigkeit seine Nahrung empfing. Als Weihgaben waren dort Milchgefäße, Querflöten, Syringen und Rohrpfeifen aufgehängt, Gaben altgedienter Hirten.

5 In diese Nymphengrotte lief häufig ein Schaf, das eben geworfen hatte, und schien oft unwiederbringlich verloren. Dryas wollte es züchtigen und wieder zur früheren Ordnung zurückführen. Er bog aus einer frischgeschnittenen Weidenrute eine Art Fangschlinge zurecht und schlich sich zu dem Felsen, um dort das Tier zu fangen. Als er hinzutrat, sah er nichts von dem, was er erwartet hatte, wohl aber, wie das Schaf auf eine ganz menschliche Weise sein Euter zu reichlichem Genusse der Milch bot, während ein Kind, ohne zu weinen, voller Gier abwechselnd bald an die eine, bald an die andere Zitze den sauber glänzenden Mund brachte; das Schaf leckte dem Kinde mit der Zunge das Gesicht ab, wenn es sich sattgetrunken hatte. Dieses Kind war weiblichen Geschlechts, und auch bei ihm lagen Erkennungszeichen: ein golddurchflochtenes Stirnband, mit Gold verzierte Schuhe und goldene Fußspangen.

6 Da er in dem Fund das Wirken eines Gottes zu spüren meinte und sich von dem Schafe lehren ließ, sich des Kindes zu erbarmen und es in Liebe zu hegen, nahm er es auf den Arm, steckte die Erkennungszeichen in seine Hirtentasche und gelobte den Nymphen, ihren Schützling mit der Götter Hilfe aufzuziehen. Und als es nun an der Zeit war, das Vieh heim-

zutreiben, kehrte er in seinen Hof zurück und erzählte seiner Frau, was er gesehen, zeigte ihr, was er gefunden hatte, und legte ihr nahe, das Kind als ihre Tochter anzusehen und in der Stille als eigenes aufzuziehen. Nape – so hieß sie – kümmerte sich sofort mütterlich um das Kind und umhegte es, als fürchte sie, von dem Schafe beschämt zu werden. Sie gab dem Kinde zur Bestätigung seines Standes nun auch einen Hirtennamen und nannte es Chloë.

7 Die beiden Kinder wuchsen sehr rasch heran, und es zeigte sich an ihnen eine Schönheit, die weit über ihren bäuerlichen Stand hinausging. Schon war der Knabe fünfzehn Jahre alt, das Mädchen um zwei Jahre jünger, da hatten Dryas und Lamon in derselben Nacht folgenden Traum. Es war ihnen, als wenn jene Nymphen in der Grotte, in der sich die Quelle befand und Dryas das Kind gefunden hatte, Daphnis und Chloë einem flinken, schönen Knaben übergäben, der Flügel an den Schultern trug und kleine Pfeile und einen kleinen Bogen mit sich führte; dieser Knabe, so glaubten sie zu sehen, habe beide mit dem gleichen Pfeile berührt und sie geheißen, in Zukunft Herden zu weiden, der Knabe die Ziegen, das Mädchen die Schafe.

8 Als sie das im Traume gesehen hatten, waren sie unwillig darüber, daß diese Kinder, die nach den Beigaben ein besseres Los erhoffen ließen, bloß Hirten werden sollten – sie hatten sie deshalb auch mit feinerer Kost ernährt, sie lesen und schreiben gelehrt und alles, was in der ländlichen Umgebung als fein galt –; aber sie meinten, den Göttern in der Erziehung der Kinder, die durch die Fürsorge der Götter gerettet worden

waren, gehorchen zu müssen. Sie teilten einander den Traum mit, brachten dem geflügelten Knaben bei den Nymphen ein Opfer dar – ihn mit Namen zu nennen, wußten sie nicht – und schickten die beiden als Hirten hinaus mit den Herden, nicht ohne sie in ihren einzelnen Obliegenheiten sorgfältig zu unterweisen: wie man das Vieh vor der Mittagshitze weiden lassen müsse, wie nach dem Nachlassen der Glut; wann man es zur Tränke führen, wann zum Schlafen heimtreiben solle; wann es des Stockes bedarf und wann des bloßen Wortes. Die beiden freuten sich sehr, übernahmen den Auftrag wie ein wichtiges Amt und liebten ihre Ziegen und Schafe weit über Hirtenbrauch: das Mädchen führte ja seine Rettung auf ein Schaf zurück, und der Knabe dachte immer daran, daß ihn, da er ausgesetzt, eine Ziege genährt hatte.

9 Es war Frühlingsanfang, und alle Blumen blühten – in den Wäldern, auf den Wiesen und in den Bergen. Schon hörte man das Summen der Bienen, den Gesang liedbegabter Vögel, schon sah man die eben geborenen Jungtiere lustig herumhüpfen. Die Lämmer sprangen auf den Bergen umher, die Bienen summten auf den Wiesen, in den Büschen sangen die Vögel. Im Zauber des Frühlings, der alles so tief beglückte, lernten die beiden jungen und zarten Kinder es dem gleichzutun, was sie hörten und sahen: Wenn sie die Vögel singen hörten, sangen sie; sahen sie die Lämmer herumhüpfen, sprangen sie leichtfüßig dahin. Sie waren emsig wie Bienen, sammelten Blumen und steckten sie sich an die Brust oder wanden sie zu Kränzen und brachten sie den Nymphen dar.

10 Sie taten alles gemeinsam, da sie nahe beieinander hüteten. Oft trieb Daphnis die verirrten Schafe zusammen, oft jagte Chloë allzu kecke Ziegen von den Hängen hinunter; ja, es hütete wohl auch einer beide Herden, wenn der andere mit einem Spiel beschäftigt war. Ihre Spiele waren solche von Hirten und Kindern. Das Mädchen nahm irgendwo im Wiesengrunde Halme auf und flocht daraus eine Falle für Grillen und vergaß über solcher Beschäftigung seine Herde. Der Knabe schnitt zarte Schilfrohre, bohrte Löcher in die Knoten, fügte die dicht aneinandergelegten Rohre mit weichem Wachs zusammen und übte sich bis in die Nacht im Flöten. Manchmal teilten sie Wein und Milch und verzehrten gemeinsam, was sie an Essen von daheim mitgebracht hatten. Man hätte eher Schafe und Ziegen voneinander getrennt gesehen als Chloë und Daphnis.

11 Während sie dergleichen Spiele trieben, schuf Eros folgenden ernsten Zwischenfall: Eine Wölfin, die einen jungen Wurf zu versorgen hatte, räuberte oft auf den benachbarten Fluren bei anderen Herden, da sie viel Nahrung zur Aufzucht der Jungen brauchte. Da kamen die Landleute in der Nacht zusammen und hoben Gruben aus, einen Klafter breit und vier Klafter tief. Das viele Erdreich schafften sie weit weg und streuten es breit; dann legten sie lange trockene Zweige über die Öffnung und streuten den Rest von Erde darauf, daß es so aussah, als wäre es der frühere Boden. Es braucht nur einmal ein Hase darüberzulaufen, dann zerknickt er die Zweige, die schwächer sind als Strohhalme, und lernt zu spät begreifen, daß das kein fester

Boden war, sondern nur ein vorgetäuschter. Solche Gruben hoben sie in großer Zahl auf den Höhen und in der Ebene aus. Die Wölfin zu fangen gelang ihnen freilich nicht; denn so ein Tier merkt es, wenn der Boden mit List zurechtgemacht ist. Wohl aber brachten sie damit viele Ziegen und Schafe zur Strecke und um ein Haar auch Daphnis. Das kam so:

12 Zwei Böcke, aufeinander wild geworden, gerieten in einen Kampf. Bei dem zeimlich heftigen Zusammenstoß wurde dem einen ein Horn zerschmettert, und von wildem Schmerz geschüttelt, wandte er sich zur Flucht. Der Sieger folgte ihm auf dem Fuße und ließ dem Fliehenden keine Ruhe. Daphnis tat es leid um das Horn, und verärgert über die Frechheit des Siegers, griff er zum Hirtenstock und verfolgte den Verfolger. Als ihm der Bock nun entrinnen wollte, Daphnis ihm wütend nachsetzte, achteten sie nicht genau auf das, was vor ihren Füßen lag; sie stürzten vielmehr beide in das Loch hinab, zuerst der Bock, danach Daphnis. Das war denn auch Daphnis' Rettung, daß er beim Sturz den Bock wie ein Reittier benutzen konnte. Weinend wartete er darauf, daß vielleicht einer käme, ihn hinaufzuziehen. Chloë, die das Unglück mit angesehen hatte, lief eilends zu der Grube, und als sie merkte, daß Daphnis noch am Leben war, rief sie einen Rinderhirten von der Nachbarflur zu Hilfe. Der Hirt kam und suchte nach einem langen Seil, an dem sich Daphnis festhalten und heraufziehen lassen könnte, um so glücklich wieder herauszukommen. Ein Seil war leider nicht zur Stelle; da nahm Chloë ihr Haarband ab und gab es dem Hirten, daß er es hin-

ablasse. Und so zogen die beiden, oben am Rand der Grube stehend, während Daphnis, dem Zug des Haarbandes mit den Händen nachhelfend, glücklich heraufkam. Auch den unglücklichen Bock zogen sie herauf, dem beide Hörner zerschmettert waren; so hart wurde er für den Sieg über den anderen Bock bestraft. Sie schenkten ihn zum Lohn für die Hilfe dem Rinderhirten als Opfergabe, und wenn man den Bock zu Hause vermisse, wollten sie den Verlust mit dem Angriff von Wölfen bemänteln. Sie kehrten wieder zurück und schauten nach den Schafen und Ziegen. Als sie sahen, daß alle in guter Ordnung weideten, ließen sie sich am Stamm einer Eiche nieder und untersuchten, ob Daphnis bei seinem Sturze nicht ein Glied seines Körpers blutig verletzt habe. Verwundet war er ja nun nirgends, und keine blutige Stelle war zu entdecken; aber das Haar und der ganze Leib waren mit einer Kruste von Erde und Lehm überzogen. Daphnis beschloß, sich zu waschen, damit Lamon und Myrtale nichts von dem Vorfall merkten.

13 Er ging mit Chloë zur Nymphengrotte und übergab ihr sein Gewand und die Hirtentasche zur Obhut, während er an die Quelle herantrat und sich das Haar und den ganzen Körper wusch. Sein Haar war dunkel und dicht, der Körper von der Sonne verbrannt; man hätte meinen können, er habe die dunkle Farbe des Haares angenommen. Chloë fand Daphnis schön, als sie ihn so sah, und meinte, wenn sie ihn jetzt zum ersten Male so schön finde, müsse das Bad die Schönheit hervorgezaubert haben. Als sie ihm den Rücken wusch, fühlte sie unter ihren Händen das zarte Fleisch, so daß

sie sich wiederholt heimlich berührte und prüfte, ob sein Fleisch zarter sei. Dann – die Sonne war schon im Untergehen – trieben sie die Herden heim, und es war Chloë nichts Besonderes weiter widerfahren, als daß sie den Wunsch verspürte, Daphnis wieder baden zu sehen. Als sie am folgenden Tage zu ihrem Weideplatz kamen, blies Daphnis, unter der vertrauten Eiche sitzend, die Syrinx und beobachtete zugleich die Ziegen, die friedlich dalagen, als lauschten sie seinen Weisen. Chloë saß in seiner Nähe und gab wohl auch auf die Schafherde acht; mehr aber noch schaute sie zu Daphnis hin. Und wieder erschien er ihr schön, wie er blies, und wieder meinte sie, die Schönheit rühre von der Musik her. So griff sie nach ihm zur Syrinx; vielleicht würde auch sie schön davon. Sie überredete ihn, sich wieder zu waschen, sah ihm zu, wie er sich wusch, und berührte ihn im Anschauen und pries seine Schönheit, als sie von ihm schied, und diese Verherrlichung war der Beginn der Liebe. Wie ihr geschah, wußte das junge Mädchen nicht, das in ländlicher Unwissenheit aufgewachsen war und auch niemanden hatte von Liebe reden hören. Trauer erfüllte ihr Herz, ihrer Augen war sie nicht mehr Herr, und oft flüsterte sie »Daphnis!«. Vom Essen wollte sie nichts wissen, lag schlaflos in der Nacht, vernachlässigte ihre Herde. Bald lachte, bald weinte sie, bald schlief sie, bald sprang sie auf. War ihr Gesicht eben noch blaß, so leuchtete es bald wieder rot auf. Solche Not hat nicht einmal ein Rind, das von einer Bremse gestochen wird! Als sie einmal allein war, kamen ihr folgende Gedanken in den Sinn:

19

14 »Ich bin zur Zeit krank; was für eine Krankheit es ist, weiß ich nicht. Ich habe Schmerzen und doch keine Wunde; ich bin traurig und habe doch keines meiner Schafe verloren. Ich glühe und sitze doch im tiefsten Schatten. Wie viele Dornen haben mich zerkratzt, und ich habe nicht geweint; wie viele Bienen haben ihren Stachel in mich gesenkt, und trotzdem schmeckte mir das Essen! Was mir hier im Herzen sticht, ist viel schlimmer als all das andere. Schön ist Daphnis; aber sind es nicht auch die Blumen? Süß klingt seine Syrinx; süß aber klingt auch das Lied der Nachtigallen. Und trotzdem frage ich nicht nach Blumen und Nachtigallen. Ach, wenn ich doch zur Syrinx würde, daß mich sein Atem anwehe! Ach, würde ich doch eine Ziege, mich von ihm weiden zu lassen! Du böses Wasser! Nur Daphnis hast du schön gemacht; ich habe umsonst gebadet. Ich bin dahin, geliebte Nymphen! Auch ihr helft dem Mädchen nicht, das bei euch seine Nahrung empfing? Wer wird euch mit Kränzen schmücken, wenn ich nicht mehr bin, wer die unglücklichen Lämmer aufziehen? Wer wird die geschwätzige Grille versorgen, die ich mit viel Mühe fing, damit sie mich mit ihrem Zirpen vor der Grotte in den Schlaf wiege? Jetzt flieht mich der Schlaf wegen Daphnis, und die Grille zirpt umsonst.«

15 So schwer war ihr das Herz, so ihre Worte, da sie um das rang, was man Liebe nennt. Der Rinderhirt Dorkon, der Daphnis und den Bock aus der Grube heraufgezogen hatte, ein junger Mann, dem der erste Bart sproßte und der die Liebe zu üben verstand und auch ihren Namen kannte, war gleich an jenem Tage

von Liebe zu Chloë ergriffen gewesen und nach einigen weiteren Tagen nur noch mehr in Liebe entbrannt. Auf Daphnis sah er herab wie auf ein Kind und beschloß, mit Geschenken oder mit Gewalt zu seinem Ziele zu kommen. Als erste Geschenke brachte er Daphnis eine Hirtenflöte mit neun Röhren, die statt mit Wachs mit Metall zusammengehalten waren, Chloë ein Hirschkalbfell, wie es Bakchantinnen tragen; das war so schön in den Farben, daß es wie gemalt wirkte. Als ihn die beiden daraufhin als ihren Freund betrachteten, kümmerte er sich um Daphnis allmählich immer weniger, während er Chloë jeden Tag etwas schenkte, einen zarten Käse, einen Kranz von Blumen, einen reifen Apfel. Gelegentlich brachte er ihr auch ein neugeborenes Kälbchen, einen vergoldeten Becher und junge Vögel aus den Bergen. Chloë, unerfahren in den Künsten eines Liebenden, nahm die Geschenke an und freute sich, daß sie Daphnis etwas schenken konnte. Nun war es an der Zeit, daß auch Daphnis das Wirken des Eros erfahren sollte, und es entstand eines Tages zwischen Dorkon und ihm ein Wettstreit um die Schönheit. Das Amt des Schiedsrichters nahm Chloë wahr, dem Sieger winkte als Preis ein Kuß von ihr. Als erster begann Dorkon so zu sprechen:

16 »Ich, liebes Mädchen, bin größer als Daphnis und bin Rinderhirt, er nur Ziegenhirt! Ich bin ihm damit um soviel überlegen, wie Rinder mehr sind als Ziegen. Außerdem bin ich weiß wie Milch und goldblond wie Weizen im Sommer, der zur Ernte reif ist, und eine Mutter hat mich genährt, nicht ein Tier. Der da ist

klein, bartlos wie ein Weib und schwarz wie ein Wolf. Er weidet Ziegenböcke und riecht schrecklich nach ihnen, und arm ist er auch, daß er sich nicht einmal einen Hund halten kann. Wenn ihm gar, wie es heißt, eine Ziege ihre Milch gespendet hat, dann unterscheidet er sich in nichts von einem Böckchen.« So etwa äußerte sich Dorkon. Danach sprach Daphnis: »Mich hat eine Ziege gesäugt wie einst den Himmelsvater Zeus. Ich weide Ziegenböcke, die größer sind als die Rinder von dem da. Ich rieche gar nicht nach ihnen, sowenig wie Pan, der ja doch in der Hauptsache ein Bock ist. Ich komme aus mit Käse, mit Brot, am Spieß gebacken, und mit Weißwein, und das sind lauter Dinge, die zum Hab und Gut reicher Bauern gehören. Einen Bart habe ich nicht, sowenig wie Dionysos. Dunkel bin ich – das ist auch die Hyazinthe. Aber auch Dionysos ist mehr als seine Satyrn, so wie die Hyazinthe die Lilien übertrifft. Der da ist rötlichblond wie ein Fuchs, bärtig wie ein Bock und weiß wie eine Frau aus der Stadt. Wenn du jemandem einen Kuß geben sollst, dann wirst du bei mir den Mund küssen, bei ihm die Haare auf seinem Kinn. Denke daran, liebes Mädchen, daß auch dich ein Tier, ein Schaf, nährte und daß du darum nicht weniger schön bist!«

17 Chloë zögerte nicht länger. Erfreut über den Preis ihrer Schönheit und schon lange voller Verlangen, Daphnis zu küssen, sprang sie auf und gab ihm einen Kuß, zwar unbeholfen und ungeschickt, aber doch einen, der das Herz sehr warm machen konnte. Dorkon lief voller Kummer davon, bemüht, auf einem anderen Wege zur Liebe zu kommen. Daphnis war es,

als sei er nicht geküßt, sondern gebissen worden. Er schaute gleich danach schwermütig drein, schauerte oft zusammen, und das Herz klopfte ihm wild. Es drängte ihn, Chloë anzusehen, und wenn er sie anschaute, wurde er ganz rot. Jetzt sah er zum ersten Male voller Bewunderung, wie blond ihr Haar und wie groß ihre Augen waren, groß wie die eines Rindes, und daß ihr Gesicht wirklich weißer war als die Milch der Ziegen; es war, als hätte er jetzt erst Augen bekommen und wäre die Zeit zuvor blind gewesen. Nahrung nahm er kaum zu sich, nur daß er davon kostete, und wenn er schon einmal zum Trinken genötigt wurde, trank er nur so viel, daß er den Mund befeuchtete. Still und schweigsam war er, und war doch früher gesprächiger gewesen als die Grillen, und träge und unlustig, und hatte sich doch hurtiger getummelt als die Ziegen. Die Herde war ihm gleichgültig, die Flöte lag irgendwo, und sein Gesicht war blasser als dürres Gras im Sommer. Nur Chloë gegenüber war er gesprächig, und war er einmal fern von ihr und allein, sprach er wohl so bei sich:

18 »Was hat denn nur Chloës Kuß bei mir angerichtet! Ihre Lippen sind zarter als Rosen und ihr Mund süßer als Honigwaben – und doch ist ihr Kuß schmerzhafter als der Stachel einer Biene. Oft habe ich die Zicklein geküßt, oft eben geborene Hunde und das Kälbchen geherzt, das Dorkon Chloë geschenkt hat. Aber mit diesem Kuß ist es etwas ganz anderes. Mein Atem geht rasch, das Herz klopft zum Zerspringen, meine Seele verzehrt sich, und trotzdem möchte ich, daß sie mich wieder küsse. Welch unheilvollen Sieg

habe ich errungen! Was ist das doch für eine seltsame Krankheit, der ich nicht einmal einen Namen zu geben weiß! Hat Chloë vielleicht etwas Giftiges zu sich genommen, ehe sie mich küßte? Aber warum starb sie dann nicht? Wie süß singen die Nachtigallen, und meine Syrinx schweigt! Wie lustig hüpfen die Zicklein, und ich sitze untätig da! Wie prächtig blühen die Blumen, und ich winde keine Kränze; wohl blühen Veilchen und Hyazinthen, Daphnis aber welkt dahin. Soll selbst ein Dorkon noch einmal schöner anzusehen sein als ich?«

19 So litt und sprach der gute Daphnis, da er zum ersten Male die Wirkungen der Liebe an sich erfuhr und in Worte zu fassen suchte. Der Rinderhirt Dorkon, in Chloë verliebt, paßte die Zeit ab, als Dryas in der Nähe Schößlinge von Weinreben setzte, trat mit einigen herrlichen Käsen in der Hand auf ihn zu und schenkte sie ihm als alter Freund aus den Tagen, da Dryas noch auf der Weide war. Nach dieser Einleitung brachte er die Rede auf Chloës Verheiratung. Wenn er sie zur Frau bekomme, versprach er ihm als reicher Rinderhirt viele wertvolle Geschenke: ein Gespann Pflugstiere, vier Bienenstöcke, fünfzig junge Apfelstämme, die Haut eines Rindes, Schuhe daraus zu schneiden, jedes Jahr ein Kälbchen, das nicht mehr der Milch bedarf. Beinahe hätte Dryas, entzückt über die Geschenke, der Hochzeit zugestimmt. Da er sich aber sagte, daß das junge Mädchen einen besseren Gatten verdiene, und Angst bekam, in unheilvolle Bedrängnis zu geraten wenn die Sache mit Chloë an den Tag komme, lehnte er den Heiratsantrag ab, bat um Ver-

zeihung und schlug die genannten Geschenke aus.
20 Als Dorkon so die zweite Hoffnung fehlschlug und er umsonst schöne Käse geopfert hatte, beschloß er, sich Chloës mit Gewalt zu bemächtigen, wenn sie einmal allein wäre. Er beobachtete, daß die beiden ihre Herden einen Tag um den anderen zur Tränke führten, einmal Daphnis, einmal das Mädchen, und ersann sich eine List, die so recht zu einem Hirten paßte. Er nahm das Fell eines großen Wolfes, den einst ein Stier im Kampf für seine Rinder mit den Hörnern getötet hatte, und zog es ganz über seinen Leib, so daß es ihm hinten bis auf die Füße hinunterreichte, die Vorderläufe über seine Hände gezogen waren und die Hinterläufe über die Schenkel bis zur Fessel reichten und der offene Rachen des Wolfes seinen Kopf deckte wie der Helm den eines schwerbewaffneten Mannes. Nachdem er sich, so gut es ging, in ein wildes Tier verwandelt hatte, begab er sich zu der Quelle, aus der die Ziegen und Schafe nach dem Weiden zu trinken pflegten. Die Quelle lag in einer ziemlich tiefen Senke, und der ganze Platz ringsum war von Dornensträuchern, Brombeeren, niedrigem Wacholder und Disteln überwuchert. Leicht hätte dort auch ein wirklicher Wolf heimlich auf der Lauer liegen können. Dort versteckte sich Dorkon und wartete die Zeit der Tränke ab, voller Hoffnung, Chloë mit seinem Aufzug zu erschrecken und greifen zu können.
21 Nach einer kurzen Weile trieb Chloë die Herden zur Quelle; sie ließ Daphnis allein zurück, der grüne Zweige abschnitt, damit die Zicklein auch nach der Weide zu fressen hätten. Die Hunde, die zur Bewa-

chung der Schafe und Ziegen mitliefen, spürten Dorkon auf, wie sich ja Hunde im Aufspüren nie genugtun können, und stellten ihn, als er sich zum Angriff auf das Mädchen anschickte. Mit furchtbarem Gebell stürzten sie sich auf den vermeintlichen Wolf. Und ehe er sich in seinem Schrecken ganz aufrichten konnte, hatten sie ihn umringt und verbissen sich in das Fell. Eine Weile lag er im Schutze des verhüllenden Fells still im Dickicht, voller Scheu, entdeckt zu werden. Als aber Chloë, vom ersten Eindruck tief erschrocken, Daphnis zu Hilfe rief, die Hunde das Fell ringsum heruntrissen und ihm auf den bloßen Leib rückten, da flehte er unter lautem Jammern das Mädchen und Daphnis, der inzwischen bereits eingetroffen war, um Hilfe an. Rasch beruhigten beide die Hunde durch den gewohnten Zuspruch. Dorkon, der an Schenkeln und Schultern Bisse aufwies, führten sie zur Quelle, wuschen die Bißwunden sauber aus, zerkauten die grüne Rinde einer Ulme und legten sie auf. Ahnungslos, zu welchen Dreistigkeiten sich die Liebe versteigt, meinten sie, der Gedanke, sich in ein Fell zu kleiden, sei ein Hirtenscherz, und waren ihm gar nicht böse. Sie sprachen ihm gut zu und ließen ihn gehen, nachdem sie ihn ein Stückchen geführt hatten.

22 Als Dorkon auf diese Weise knapp der Gefahr entronnen und aus dem Rachen eines Hundes, nicht – wie es im Sprichwort heißt – aus dem Wolfsrachen errettet worden war, pflegte er seine Wunden. Daphnis und Chloë aber hatten bis zum Einbruch der Nacht viel Mühe damit, die Ziegen und Schafe zusammenzubringen; erschreckt durch das Fell und verstört

durch die bellenden Hunde, waren sie teils die Felsen hinaufgestiegen, teils sogar bis hinab an den Strand gelaufen. Wohl waren sie dazu erzogen, dem Rufe zu folgen, sich von der Syrinx bezaubern zu lassen und sich auf das Händeklatschen hin zu sammeln. Aber diesmal hatte der Schreck sie alles vergessen lassen. Nur mit Mühe fanden die beiden die Tiere, wie man Hasen nach der Fährte aufspürt, und führten sie in ihre Ställe. Nur diese eine Nacht schliefen sie einen tiefen Schlaf und fanden in der Erschöpfung eine Arznei gegen ihren Liebeskummer. Kaum war jedoch der Tag wieder angebrochen, da ging es ihnen wieder wie zuvor. Sie sahen sich mit Freuden, sie schieden betrübt voneinander. Sie wollten etwas, aber sie wußten nicht was. Nur das eine wußten sie, daß ihn der Kuß, sie das Bad um ihre Ruhe gebracht hatte.

23 Nun entzündete ihre Herzen auch die Jahreszeit. Der Frühling ging bereits zu Ende, und der Sommer brach an; alles stand in der Reife: die Bäume in Frucht, die Äcker in Ähren. Süß zirpten die Zikaden, süß duftete das Obst, reizend klang das Blöken der Schafe. Man hätte meinen können, auch die Flüsse sängen leise, wenn sie still dahinflossen, und die Winde bliesen ein Lied, wenn sie durch die Pinien wehten, und die Äpfel fielen liebestrunken zur Erde nieder, und die Sonne entkleide alle, weil sie das Schöne liebt. So stieg Daphnis, entflammt von alledem, in die Flüsse, bald um zu baden, bald um die sich tummelnden Fische zu jagen, und oft trank er auch, um die Glut in seinem Innern zu löschen. Wenn Chloë die Schafe und einen großen Teil der Ziegen gemolken hatte, hatte sie ge-

raume Zeit allerlei auszustehen, wenn sie die Milch gerinnen lassen wollte. Denn die Fliegen verstanden es nur zu gut, ihr zuzusetzen und zu stechen, wenn sie sie verscheuchen wollte. Hatte sie sich dann das Gesicht gewaschen, setzte sie sich einen Kranz von Pinienzweigen auf, gürtete sich mit dem Fell der Bakchantin, füllte die Trinkschale mit Wein und Milch und trank gemeinsam mit Daphnis daraus.

24 Wenn die Mittagszeit herankam, wurden ihre Augen erst recht in Liebe gebannt. Denn Chloë sah da ihren Daphnis nackt und erlag seiner vollendeten Schönheit; sie verzehrte sich in Liebe, da sie an keinem Teil seines Körpers etwas auszusetzen fand. Daphnis dagegen meinte, eine der Nymphen aus der Grotte zu erblicken, wenn er sie, mit Fell und Pinienkranz geschmückt, ihm die Schale reichen sah. Er raubte ihr den Pinienkranz vom Kopfe und bekränzte sich selbst damit, nachdem er ihn zuvor geküßt, und Chloë schlüpfte in sein Gewand, als er sich entkleidet hatte und badete, nicht ohne vorher auch einen Kuß darauf zu drücken. Zuweilen bewarfen sie einander mit Äpfeln und schmückten einer des anderen Haupt, indem sie das Haar sorgsam scheitelten. Chloë verglich sein Haar, dunkel, wie es war, mit der Myrte, Daphnis ihr Antlitz, weiß und rot überhaucht, mit einem Apfel. Er lehrte sie auch, die Syrinx zu blasen, und wenn sie hineinzuhauchen begann, nahm er ihr die Synix weg und fuhr selbst mit den Lippen über die Rohre. Und unter dem Schein, Chloë zu verbessern, da sie es falsch mache, küßte er sie unter schicklichem Vorwand mit Hilfe der Synix.

25 Als er einmal um die Mittagszeit blies und die Herden im Schatten lagen, schlief Chloë unversehens ein. Sobald es Daphnis entdeckte, legte er die Synix beiseite und betrachtete Chloë von Kopf bis Fuß, ohne sich an dem Anblick sättigen zu können – brauchte er sich doch in keiner Weise zu scheuen –, und zugleich sprach er leise bei sich: »Wie friedlich schlummern die Augen, wie süß ist der Hauch ihres Mundes! So duften nicht die Äpfel, nicht die Birnen! Trotzdem fürchte ich mich, ihn zu küssen; denn der Kuß gibt mir einen Stich ins Herz und macht mich rasen wie der junge Honig; ich habe auch Angst, daß ich sie mit meinem Kuß aus dem Schlafe wecke. Schrecklich, diese geschwätzigen Grillen! Sie werden Chloë mit ihrem lauten Zirpen nicht schlafen lassen. Aber auch die Böcke klappern, wenn sie mit ihren Hörnern kämpfen. Ach, Wölfe sind doch feiger als Füchse, daß sie diese Böcke nicht geraubt haben!«

26 Während er so vor sich hinsprach, fiel eine Grille auf der Flucht vor einer Schwalbe, die sie fangen wollte, in Chloës Busen. Die Schwalbe folgte ihr. Sie konnte die Grille zwar nicht fangen, kam aber bei der Verfolgung mit ihren Schwingen Chloë ganz nahe und streifte ihre Wangen. Chloë wußte nicht, wie ihr geschah, und erwachte mit einem lauten Schrei. Als sie die Schwalbe noch ganz in ihrer Nähe fliegen und Daphnis über ihre Angst lachen sah, fürchtete sie sich nicht mehr und rieb sich die Augen, die noch schlafen wollten. Die Grille ließ in ihrem Busen ihr Zirpen erschallen, wie ein schutzbedürftiges Wesen, das sich für seine Rettung bedankt. Wieder schrie Chloë laut auf, während

Daphnis in Lachen ausbrach. Die Gelegenheit wahrnehmend, ließ er seine Hände zu ihrer Brust hinabgleiten und holte die brave Grille heraus, die nicht einmal in seiner Rechten schwieg. Chloë freute sich, als sie das Tierchen sah, nahm die Grille in ihre Hand und küßte sie – und steckte die weiter Zirpende wieder in ihren Busen.

27 Dann bezauberte sie wieder die ländliche Weise einer Wildtaube, deren Lied aus dem Walde herüberklang, und als Chloë zu wissen wünschte, was sie mit dem Liede sagen wollte, klärte sie Daphnis darüber auf und erzählte das alte Märchen: »Einmal war auch sie, mein liebes Mädchen, eine Jungfrau, schön wie du, und weidete viele Kühe im Walde. Sie war natürlich auch sangeskundig, und die Kühe waren von ihrer Musik bezaubert. Sie hütete ihre Herde, ohne sie mit einem Hirtenstock zu schlagen oder mit einer Geißel zu treffen; sie ließ sich vielmehr unter einer Pinie nieder und sang, mit einem Pinienkranz geschmückt, ein Lied auf Pan und seine Pitys, und die Kühe harrten bei ihr aus, während sie sang. Ein Knabe, schön und sangeskundig wie das Mädchen, hütete nicht weit davon Rinder. Mit ihrem Gesang wetteifernd, erhob er seine Stimme, kräftiger, da er ein männliches Wesen war, und doch auch wieder süßer, da er noch ein Knabe war, und lockte mit seinem bezaubernden Gesang acht ihrer besten Kühe in seine Herde. Das Mädchen war über die Verminderung ihrer Herde und über ihre Niederlage im Singen ärgerlich und betete zu den Göttern, sie möchten sie in einen Vogel verwandeln, ehe sie nach Hause komme. Die Götter erfüllten ihren

Wunsch und machten sie zu diesem Vogel, der in den Bergen lebt, wie einst das Mädchen, und sangeskundig ist wie sie. Und noch heute gibt der Vogel mit seinem Singen Kunde von seinem Mißgeschick und will damit sagen, daß er die verirrten Rinder sucht.«

28 Solche Freuden schenkte ihnen der Sommer. Als der Herbst in voller Kraft stand und die Trauben reiften, landeten Räuber aus Tyros auf einem karischen Kutter – um nicht als Barbaren angesehen zu werden – in der Nähe unserer ländlichen Flur. Sie gingen an Land, mit Schwertern und Brustpanzern gewappnet, und schleppten alles fort, was ihnen in die Hände fiel: lieblich duftenden Wein, Mengen an Weizen, Honig in Waben; auch einige Kühe aus Dorkons Herde trieben sie fort. Schließlich bemächtigten sie sich auch des Daphnis, der den Strand entlangging; denn als ängstliches Mädchen trieb Chloë die Schafe des Dryas ein wenig später aus; sie hatte Angst vor der Zudringlichkeit roher Hirten. Als die Räuber den großen, schönen Burschen erblickten, der mehr wert war als der Raub von den Fluren, kümmerten sie sich um gar nichts weiter, weder um die Ziegen noch um die benachbarten Fluren, sondern schleiften ihn hinunter auf ihr Schiff, wenn er auch weinte und in seiner Hilflosigkeit laut nach Chloë rief. Sie hatten eben das Tau vom Ufer losgebunden und die Riemen zur Hand genommen, da fuhren sie auch schon hinaus aufs Meer. Chloë trieb jetzt gerade ihre Herde auf die Weide und hatte eine neue Syrinx mit, ein Geschenk für Daphnis. Als sie die Ziegen völlig verstört sah und Daphnis immer lauter nach ihr rufen hörte, ließ sie die Schafe im Stich, warf

die Syrinx weg und eilte in schnellem Laufe zu Dorkon, um seine Hilfe zu erbitten.

29 Dorkon war von den Räubern mit kraftvollen Schlägen übel zugerichtet worden und lag am Boden; er atmete nur noch wenig, da er viel Blut verlor. Als er Chloë erblickte, regte sich ein schwacher Funke der alten Liebe in ihm, und er sagte: »Chloë, ich werde in kurzem tot sein. Denn die verruchten Räuber haben mich niedergeschlagen wie einen Stier, als ich meine Kühe verteidigte. Rette du Daphnis, räche mich und sei der Räuber Verderben! Ich habe die Kühe dazu abgerichtet, dem Klang der Syrinx zu folgen und ihrer Weise nachzulaufen, auch wenn sie irgendwo in der Ferne grasen. So nimm denn diese Syrinx und spiele auf ihr jenes Lied, das ich einst Daphnis beibrachte und Daphnis dir; für das Weitere werden die Syrinx und die Kühe dort sorgen! Ich schenke dir auch diese Syrinx, mit der ich viele Hirten von Rindern und Ziegen besiegte. Du aber sollst mich zum Dank dafür küssen, solange ich noch lebe, und mich beklagen, wenn ich tot bin. Und wenn du einen andern meine Kühe weiden siehst, dann sollst du an mich denken!«

30 Nachdem Dorkon diese wenigen Worte gesagt und ein letztes Mal geküßt hatte, hauchte er mit dem Kusse zugleich sein Leben aus. Chloë nahm die Syrinx, setzte sie an die Lippen und blies, so laut sie konnte. Die Kühe spitzen die Ohren, erkannten die Weise und stürzten sich laut brüllend mit einem einzigen Satz in das Meer. Da sie sich mit aller Gewalt auf die eine Schiffswand warfen und sich das Meer, als die Kühe hineinsprangen, zu einem Wellental weitete, kenterte

das Schiff und ging unter, als die Wogen wieder zusammenschlugen. Was an Bord war und aus dem sinkenden Schiff sprang, hatte nicht die gleiche Aussicht auf Rettung. Denn die Räuber trugen ihre Schwerter im Gurt, hatten ihre schuppigen Brustpanzer an und waren mit Beinzeug versehen, das bis zur Mitte des Unterschenkels reichte: Daphnis dagegen trug gar kein Schuhwerk, da er ja auf freiem Felde Herden hütete, und war halbnackt, da es zur Zeit noch glühend heiß war. Die Räuber schwammen eine kurze Strecke, dann zogen die Waffen sie in die Tiefe. Daphnis konnte sich leicht seiner Kleidung entledigen; aber mit dem Schwimmen hatte er Mühe, da er vorher nur in Flüssen geschwommen war. Bald aber lehrte ihn die Not, wie er sich zu helfen habe: Er schwamm mitten hinein in die Kühe, hielt sich mit beiden Händen an den Hörnern zweier Rinder fest und ließ sich in ihrer Mitte dahintragen, unbesorgt und ohne Mühe, als lenke er einen Wagen. Schwimmen kann ja ein Rind besser als ein Mensch; es steht allenfalls den Schwimmvögeln und natürlich den Fischen nach. Ein Rind geht beim Schwimmen nur unter, wenn das Horn an seinen Klauen aufweicht und abfällt. Diese Behauptung bezeugen bis zum heutigen Tage viele Meeresteile, die den Namen Bosporos, das heißt Ochsenfurt, tragen.
31 Auf diese Weise wurde Daphnis gerettet und war wider alles Erwarten zwei Gefahren glücklich entronnen: der des Raubes und der des Schiffbruchs. Als er an Land kam und Chloë, lachend und weinend zugleich, am Gestade fand, warf er sich ihr an die Brust und fragte sie, warum sie eigentlich die Syrinx ge-

blasen habe. Sie erzählte ihm alles: wie sie zu Dorkon gelaufen sei, wie gut die Kühe abgerichtet gewesen seien, wie ihr aufgetragen wurde, die Syrinx zu blasen, und daß Dorkon tot sei. Nur von dem Kusse sagte sie nichts; da schämte sie sich. Sie beschlossen, ihrem Wohltäter die letzte Ehre zu erweisen, gingen zu Dorkon, und gemeinsam mit seinen Verwandten bestatteten sie den Unglücklichen. Sie häuften viel Erde auf, pflanzten eine Reihe fruchttragender Bäume an und hängten die ersten Erträge ihrer Arbeit daran auf; aber sie gossen auch Milch darüber und den Saft zerquetschter Trauben und zerbrachen viele Syringen. Man vernahm auch das klägliche Gebrüll der Kühe und sah sie bei dem Brüllen planlos hin und her laufen; und dies war, wie in den Kreisen der Rinder- und Ziegenhirten vermutet, die Klage der Tiere um ihren toten Hirten.

32 Nach der Bestattung Dorkons führte Chloë ihren Daphnis zu den Nymphen in die Grotte und wusch ihn. Damals badete auch sie zum ersten Male vor Daphnis' Augen ihren Leib, der weiß und rein in seiner Schönheit war und wirklich nicht der Waschung bedurfte, um schön zu sein. Dann sammelten beide Blumen, wie sie die Jahreszeit bot, bekränzten damit die Götterbilder und hängten die Syrinx Dorkons als Weihgabe an dem Felsen auf. Danach kehrten sie wieder zurück und sahen nach ihren Ziegen und Schafen. Da lagen alle am Boden, ohne zu weiden oder zu blöken; ich glaube, die Tiere hatten Sehnsucht nach Daphnis und Chloë, die ihren Augen entrückt waren. Als die beiden nun vor ihnen auftauchten, sie mit dem ge-

wohnten Zuruf begrüßten und auf der Syrinx bliesen, da erhoben sich die Schafe und weideten, und die Ziegen sprangen voller Übermut umher, als freuten sie sich über die Rettung ihres vertrauten Hüters. Nur Daphnis konnte seines Herzens nicht froh werden; hatte er doch Chloë nackt und die zuvor verborgene Schönheit enthüllt gesehen. Sin Herz war krank, als sei es von einem Gift verzehrt. Bald entrang sich ihm der Atem in heftigen Stößen, als verfolge ihn jemand, bald setzte er aus, als sei er erschöpft von der Jagd vorher. Die Waschung an der Quelle erschien ihm bedrohlicher als das Bad im Meere; ihm war, als weile seine Seele noch bei den Räubern. Er war ja ein junger Tor und wußte noch nichts von dem räuberischen Treiben des Eros.

ZWEITES BUCH

1 Schon stand der Herbst in voller Kraft, und es war Zeit für die Weinlese. Jeder war auf den Fluren bei seiner Arbeit. Der eine brachte Keltern in Ordnung. der andere säuberte Fässer, ein anderer flocht Körbe. Einer sorgte für ein kleines Krummesser zum Abschneiden der Traube, ein anderer für einen Stein, die weinschweren Trauben auszupressen, ein dritter für kleingeklopfte, trockene Reiser, daß sich der Most in der Nacht unter Feuer entwickle. Daphnis und Chloë kümmerten sich da kaum um ihre Ziegen und Schafe; sie machten sich mit ihrer Hände Arbeit anderweit nützlich. Daphnis trug in Kiepen die Trauben ein, warf sie in die Keltern, trat sie mit den Füßen und schaffte den Wein in die Fässer. Chloë bereitete den Winzern das Essen und goß ihnen zum Trunk guten alten Wein ein. Sie las auch die Trauben von den niedrigeren Stöcken ab. Denn alle Weinstöcke auf Lesbos sind kleinen Wuchses, nicht hochstrebend oder auf Bäumen hinaufrankend; sie breiten unten ihre Ranken aus und greifen um sich wie Efeu. Selbst ein Kind, das gerade seine Händchen aus den Windeln herausstecken kann, vermag eine Traube zu erreichen.

2 Wie es beim Feste des Dionysos und der Bereitung des Weines ganz begreiflich ist, warfen die Frauen, die von den Nachbargütern zur Mitarbeit herbeigerufen waren, ihre Augen auf Daphnis und rühmten an ihm, daß er dem Dionysos an Schönheit gleiche; und eine besonders kecke gab ihm sogar einen Kuß, mit dem sie Daphis' Blut in Wallung brachte, Chloë dagegen

traurig machte. Die Männer an den Keltern warfen Chloë galante Bemerkungen zu und drangen mit tollen Sprüngen auf sie ein, wie Satyrn auf eine Bakchantin, und wünschten, in Schafe verwandelt zu werden und sich von ihr weiden zu lassen; darüber freute sich nun wieder Chloë, während es Daphnis verdroß. So wünschten beide, daß die Weinernte für sie bald zu Ende gehe, sie wieder die gewohnten Plätze beziehen könnten und statt des wilden Geschreies die Syrinx hörten oder auch das Blöken der Schafe. Und als nach wenigen Tagen die Weinstöcke abgeerntet, die Fässer voll Most waren und es nicht mehr vieler Hände bedurfte, da trieben sie die Herden hinab in die Ebene und bezeugten in herzlicher Freude den Nymphen ihre Verehrung und brachten ihnen Reben mit Trauben daran, Erstlinge der Lese. Auch vorher waren sie nie achtlos an ihnen vorübergegangen, sondern hatten immer bei ihnen verweilt, ehe sie mit dem Weiden begannen, und wenn sie von der Weide zurückkehrten, ihnen ihre Verehrung bezeugt. Und immer brachten sie ihnen etwas mit, eine Blume, eine Frucht, einen grünen Zweig, eine Spende von Milch. Dafür ernteten sie später von den Göttinnen Dank. Jetzt sprangen sie umher wie Hunde, die von ihren Ketten befreit sind – so sagt man da wohl –, bliesen und sangen und balgten sich mit den Böcken und Schafen.

3 Während sie sich daran ergötzten, trat ein alter Mann zu ihnen, in ein Ziegenfell gehüllt, grobe Schuhe von rohem Leder an den Füßen und mit einer reichlich abgenutzten Hirtentasche über der Schulter. Er setzte sich ganz in ihre Nähe und sprach so: »Ich bin der alte

Philetas, liebe Kinder, der den Nymphen hier manches Lied darbrachte, oft zu Ehren des Pan dort die Syrinx blies und allein durch die Macht der Töne eine große Herde von Rindern leitete. Ich bin gekommen, um euch mitzuteilen, was ich sah, und zu verkünden, was ich vernahm. Ich besitze einen Garten, den ich mit eigener Hand und im Schweiße meines Angesichts angelegt habe, seit ich mich meines Alters wegen als Hirt zur Ruhe setzte. Was die Horen bringen, das trägt er alles je nach der Jahreszeit. Da gibt es im Frühling Rosen und Lilien, Hyazinthen und Veilchen beiderlei Art, das heißt Levkoien und gelben Lack, im Sommer Mohnblumen, wilde Birnen und Äpfel aller Sorten, und jetzt im Herbst Wein, Feigen, Granatäpfel und Beeren grüner Myrten. In diesem Garten versammeln sich frühmorgens ganze Scharen von Vögeln, teils um Futter zu holen, teils nur um zu singen. Denn der Garten ist dicht mit Bäumen bestanden und schattig und hat drei Quellen, die ihn bewässern. Wenn man die Umfriedung wegnimmt, könnte man glauben, einen richtigen Hain vor sich zu haben.

4 Als ich ihn heute um die Mittagszeit betrat, sah ich unter den Zweigen der Granatäpfelbäume und Myrten einen Jungen, mit Myrtenbeeren und Granatäpfeln in den Händen; er war weiß wie Milch, das Haar golden wie Feuer, der Leib glänzend, wie eben gebadet. Er war nackt, und niemand war weiter zu sehen; er tummelte sich, als gehöre ihm der Garten, den er strafte. Ich ging auf ihn zu, um ihn zu fangen, in Sorge, daß er in seinem Mutwillen die Zweige der Myrten und Granatäpfelbäume abbrechen könnte. Er aber ent-

wischte mir behende und leicht. Bald kroch er unter die Rosenbüsche, bald verbarg er sich wie ein junges Rebhuhn unter dem Mohn. Ich habe gewiß oft viel Mühe damit gehabt, noch saugende Böckchen einzufangen, oft meine Not damit, eben geborene Kälbchen einzuholen; aber das hier war ein überaus listiges Wesen und überhaupt nicht zu fangen. Ermattet – ich bin ja schon alt – und auf meinen Stock gestützt und dabei doch sorgsam darauf bedacht, daß er mir nicht entwische, fragte ich ihn, zu wem in der Nachbarschaft er gehöre und wie er dazu komme, einen fremden Garten zu plündern. Der Junge erwiderte nichts; er kam in meine Nähe, lachte ganz vergnüglich und bewarf mich mit den Myrtenbeeren, und irgendwie bezauberte er mich, so daß ich ihm nicht mehr böse sein konnte. Ich bat ihn, in meine Arme zu kommen und keine Angst weiter zu haben; ich schwor bei den Myrten, ihn wieder freizulassen und ihm noch obendrein Obst und Granatäpfel zu schenken, ja, ihm das Abernten der Bäume und Abpflücken der Blumen jederzeit zu gestatten, wenn ich von ihm auch nur einen einzigen Kuß bekäme.

5 Da lachte er ganz hell auf und ließ eine Stimme erklingen, so schön, wie sie keine Schwalbe, keine Nachtigall, kein Schwan hat, wenn er ein so hohes Alter hat wie ich. ›Lieber Philetas‹, sagte er, ›küssen will ich dich gern; denn ich sehne mich mehr nach Liebe und Kuß als du dich danach, wieder jung zu werden. Aber sieh zu, ob das Geschenk meines Kusses deinem Alter angemessen ist! Daß du alt bist, wird dich nämlich nicht davor bewahren, mich nach dem einen Kusse

wie ein junger Liebhaber zu verfolgen. Mich fangen kaum Habicht und Adler, und wenn es sonst noch einen Vogel geben sollte, der schneller ist als sie. Ich bin in Wahrheit kein Kind, wenn ich auch so aussehe; nein, ich bin älter als Kronos, ja selbst als das Weltall. Ich weiß, daß du in deiner Jugend Blüte auf der Höhe dort die weit auseinandergezogene Rinderherde hütetest, und ich war bei dir, als du, in Amaryllis verliebt, dort unter den Eichen die Syrinx bliesest. Aber du hast mich nicht gesehen, obwohl ich ganz nahe bei dem Mädchen stand. Ich war es, der sie dir gab, und nun hast du schon Kinder, treffliche Rinderhirten und Landleute. Zur Zeit betreue ich Daphnis und Chloë, und wenn ich sie frühmorgens zusammengeführt habe, gehe ich in deinen Garten, freue mich an den Blumen und Bäumen und bade in diesen deinen Quellen. Darum sind die Blumen so schön und die Bäume so prächtig, weil sie von dem Wasser getränkt werden, in dem ich gebadet. Und nun sieh nach, ob dir ein Zweig abgebrochen, eine Frucht geraubt, eine Blume in der Wurzel zertreten, eine Quelle getrübt ist, und lebe wohl; du bist der einzige Mensch, der in hochbegabtem Alter mich so als Kind gesehen hat.‹

6 Nach diesen Worten schwang er sich wie eine junge Nachtigall hinauf auf die Myrtensträuche und kletterte von Zweig zu Zweig im Geäst hinauf bis zur Spitze. Ich sah noch, daß er an den Schultern Flügel hatte und Bogen und Pfeile zwischen den Flügeln trug, und alsbald sah ich nichts mehr, weder diese Zeichen noch ihn selbst. Wenn ich mir nicht umsonst diese grauen Haare habe wachsen lassen und im Alter nicht törichter in

meinem Sinn geworden bin, dann kann ich euch nur sagen: Ihr seid dem Eros geweiht, liebe Kinder, und Eros nimmt euch in seine Obhut.«

7 Die beiden freuten sich sehr über seine Erzählung, die sie eher als ein Märchen aufnahmen, und fragten, was denn nun der Eros eigentlich sei, ob ein Knabe oder ein Vogel, und worin seine Macht bestehe. Da begann Philetas abermals zu sprechen: »Ein Gott ist Eros, liebe Kinder, jung und schön und beflügelt; darum freut er sich an der Jugend, stellt dem Schönen nach und leiht den Seelen Flügel. Seine Macht ist größer als selbst die des Zeus. Er ist Herr der Elemente, Herr der Gestirne, Herr über die Götter, obwohl sie ihm doch an Rang gleichstehen; ihr habt nicht soviel Macht über die Ziegen und die Schafe. Die Blumen alle sind Eros' Werk, die Bäume alle seine Schöpfung; dank ihm strömen die Flüsse, wehen die Winde. Ich sah einmal einen von der Liebe ergriffenen Stier; er brüllte, als wäre er von einer Bremse gestochen. Ich sah einen Bock in Liebe zu einer Ziege entbrannt; er lief ihr überallhin nach. Auch ich war ja einmal jung und in Amaryllis verliebt. Ich dachte weder daran, etwas zu essen, noch nahm ich einen Trunk zu mir, noch fand ich Schlaf. Meine Seele war krank, mein Herz klopfte, mein Leib erschauerte. Ich schrie, als wäre ich geschlagen; ich schwieg, als wäre ich tot; ich ging in die Flüsse, als brennte ich. Ich rief den Pan zu Hilfe – war er ja doch auch in Pitys verliebt –; ich pries Echo, daß sie mir Amaryllis' Namen nachsprach; ich zerbrach die Syringen, weil sie zwar meine Rinder bezauberten, aber mir Amaryllis nicht gewannen. Es gibt

eben kein Mittel gegen Eros, weder ein Tränklein, noch was man sonst einnehmen könnte; es hilft auch nichts, wenn man Zaubersprüche hersagt – nur eines frommt: Kuß und Umarmung und sich nackten Leibes beieinander niederzulegen.«

8 Nachdem er die beiden so unterwiesen hatte, verabschiedete sich Philetas; aber zuvor hatte er von ihnen noch einige Käse und ein Böckchen geschenkt bekommen, das schon Hörner trug. Nun waren sie allein. Sie hatten jetzt zum ersten Male den Namen des Eros gehört, und es kamen Trauer und Verzagtheit über sie. Als sie dann später am Abend in ihre Gehöfte zurückgekehrt waren, verglichen sie ihr eigenes Erleben mit dem, was sie gehört. »Gram ist das Los der Liebenden, und Gram haben auch wir. Sie denken nicht daran zu essen; wir haben uns genausowenig darum gekümmert. Sie finden keinen Schlaf; auch uns geht es jetzt leider so. Sie meinen zu brennen; auch in uns brennt das Feuer. Es verlangt sie, einander zu sehen; darum möchten wir ja, daß es rascher Tag werde. Das wird ja wohl Liebe sein, was uns ergriffen hat, und wir lieben einander, ohne es zu wissen. Denn wenn das nicht Liebe wäre und wir uns nicht liebten, warum grämen wir uns dann so, warum suchen wir einander? Es ist alles wahr, was Philetas gesagt hat. Das Kind im Garten ist auch unseren Vätern im Traum erschienen und hat angeordnet, daß wir die Herden hüten sollten. Wie soll man es fangen? Es ist klein und wird uns entwischen. Wie soll man ihm entrinnen? Es hat Flügel und wird uns fangen. Wir müssen zu den Nymphen unsere Zuflucht nehmen; vielleicht helfen sie uns. Aber

Pan hat dem Philetas ja auch nicht geholfen, als er Amaryllis liebte. Also müssen wir uns schon um alle die Mittel bemühen, die er nannte: Kuß und Umarmung und nackt auf der Erde liegen. Es ist zwar schon schaurig kalt; aber wenn es Philetas geschafft hat, wergen wir es auch aushalten.«

9 So viel lernten sie in dieser Nacht. Als sie am folgenden Tag ihre Herden zur Weide führten, küßten sie sich gleich, als sie sich sahen, und umfaßten einander mit verschlungenen Armen, was sie vorher noch nicht getan hatten. Das dritte Mittel anzuwenden, zögerten sie noch; es erschien nicht nur dem Mädchen allzu verwegen, sondern auch dem jungen Hirten. Als sie nun in der Nacht wieder nicht schlafen konnten, das Geschehene überdachten und die Unterlassung beklagten, meinten sie: »Da haben wir uns nun geküßt, und es hat nichts geholfen; wir haben uns umarmt und sind damit keinen Schritt weitergekommen – also ist das einzige Mittel gegen die Liebe, daß wir uns zusammen niederlegen. Man muß es auch damit versuchen; sicher wohnt dem eine größere Kraft inne als dem Kuß.«

10 Bei diesen Betrachtungen war es kein Wunder, daß sie nachts auch erotische Träume hatten, Küsse und Umarmungen erlebten, und was sie tagsüber nicht gewagt hatten, das vollzogen sie im Traum: sie lagen nackt beieinander. So erhoben sie sich am folgenden Tage noch liebestrunkener von ihrem Lager und trieben die Herden in aller Eile aus, da es sie nach den Küssen verlangte, und als sie einander erblickten, liefen sie lächelnd aufeinander zu. Sie küßten sich wohl,

und dann folgte die Umarmung, aber das dritte Liebesmittel ließ noch auf sich warten, da weder Daphnis davon zu sprechen wagte noch Chloë den Anfang machen wollte – bis es der Zufall fügte, daß sie auch dazu kamen.

11 Sie saßen ganz nahe beieinander am Stamm einer Eiche, kosteten die Wonnen des Kusses aus und schwelgten in unstillbarer Lust und drückten bei ihren Umarmungen Mund fest auf Mund. Als Daphnis bei einer solchen Umarmung Chloë etwas heftiger an sich zog, fiel sie ein wenig zur Seite, und auch er sank, dem Kusse folgend, mit ihr nieder. Sie erkannten das Bild ihrer Träume wieder und lagen lange so da, als wären sie zusammengeschmiedet. Da sie von den weiteren Möglichkeiten nichts wußten, sondern meinten, dies sei die Krönung des Liebesgenusses, vergeudeten sie den größten Teil des Tages sinnlos, schieden voneinander und trieben ihre Herden ein, voller Groll auf die Nacht. Vielleicht hätten sie auch die Liebe wirklich einmal vollzogen, wenn nicht eine ganz schreckliche Aufregung über die ganze Flur gekommen wäre.

12 Reiche junge Leute aus Methymna, die die Zeit der Weinlese in einer anderen Gegend angenehm verbringen wollten, zogen ein kleines Fahrzeug ins Meer, setzten ihre Sklaven als Ruderer hinein und fuhren an allen Fluren von Mytilene entlang, die in der Nähe des Meeres lagen. Die Küste ist ja reich an vielen schönen Häfen und prangt im Schmuck prächtiger Gebäude; es liegt da auch eine ganze Reihe von Badeorten, und überall sind Lustgärten und Haine, zum Teil Schöp-

fungen der Natur, zum Teil von Menschen künstlich angelegt, und alles ist zu frohem Genusse wie geschaffen. Als sie an der Küste entlangfuhren und da und dort anlegten, taten sie weiter nichts Böses, sondern erfreuten sich an Vergnügungen mancherlei Art. Bald fingen sie von einem Felsen am Meer mit Angelhaken, die an der dünnen Schnur von Angelruten hingen, Fische, die an den Klippen leben, bald erbeuteten sie mit Hunden und Jagdnetzen Hasen, die vor dem Lärm in den Weinbergen die Flucht ergriffen; manchmal gingen sie auch auf die Vogeljagd und fingen in Schlingen wilde Gänse, Enten und Trappen, so daß ihre Kurzweil auch zur Bereicherung ihrer Tafel beitrug. Brauchten sie darüber hinaus noch etwas, dann kauften sie es von den Leuten auf den Feldern und zahlten mehr Obolen, als der geforderte Preis betrug. Was sie brauchten, war lediglich Brot, Wein und ein Dach über dem Kopfe; denn es erschien nicht ungefährlich, zur Herbstzeit die Nacht über auf dem Meere zu bleiben. Darum zogen sie auch ihr Fahrzeug an Land, aus Furcht vor stürmischen Nächten.

13 Nun benötigte ein Bauer zum Aufziehen des Steines, der die zerstampften Trauben auspreßte, einen Strick, da der alte zerrissen war. Er ging heimlich an den Strand, trat an das unbewachte Schiff heran, band das Haltetau los, nahm es mit nach Hause und benutzte es zu dem gewünschten Zweck. Am Morgen stellten die jungen Leute aus Methymna natürlich Nachforschungen nach dem Tau an und fuhren, da niemand den Diebstahl eingestand, unter gelinden Vorwürfen gegen ihre Gastgeber weiter die Küste entlang. Als sie

dreißig Stadien daran vorbeigefahren waren, landeten sie bei den Fluren, auf denen Daphnis und Chloë beheimatet waren; das flache Gelände erschien ihnen für eine Hasenjagd vortrefflich geeignet. Einen Strick, um ein Haltetau am Gestade festzumachen, hatten sie ja nun nicht; so drehten sie lange grüne Weidenruten zu einem Strick zusammen und machten mit ihm das Heck des Schiffes am Strande fest. Dann ließen sie die Hunde los, daß sie die Spur aufnähmen, und stellten an den aussichtsreich erscheinenden Schlupfwegen Fangnetze auf. Natürlich erschreckten die bellend umherlaufenden Hunde die Ziegen, die das bergige Gelände verließen und sich weiter nach dem Meere zu in Bewegung setzten. Da sie in dem Sande nichts zu fressen fanden, liefen die dreisteren unter ihnen an das Schiff und fraßen die grünen Weidenruten ab, mit denen das Schiff festgemacht war.

14 Nun war das Meer gerade von einem leichten Wellengang bewegt, da von den Bergen her Wind aufgekommen war. So wurde das vom Ufer gelöste Schiff sehr bald von den zurückflutenden Wellen aufgenommen und auf das hohe Meer hinausgetragen. Als das die Leute aus Methymna merkten, liefen die einen an den Strand, die anderen fingen die Hunde ein; alle schrien so laut, daß von den benachbarten Fluren alle zusammenströmten, als sie es hörten. Aber es half nichts; da der Wind stärker wurde, wurde das Schiff unaufhaltsam rasch mit der Strömung davongetragen. Die Methymnäer, die den Verlust bedeutender Werte zu beklagen hatten, machten sich auf die Suche nach dem Ziegenhirten. Als sie Daphnis gefunden hatten,

schlugen sie ihn und zogen ihn aus; einer nahm sogar eine Hundeleine und drehte Daphnis' Hände auf den Rücken, um ihn zu fesseln. Daphnis schrie unter den Schlägen laut auf, flehte die Bauern um Hilfe an und wandte sich vor allem an Lamon und Dryas mit der Bitte um Beistand. Die beiden, ungebeugt vom Alter und mit Händen, die von der Bauernarbeit hart geworden waren, stellten sich schützend vor ihn und verlangten eine rechtliche Untersuchung des Vorfalles.

15 Da auch die anderen dasselbe forderten, setzten sie den Rinderhirten Philetas als Richter ein; denn er war der älteste unter den Anwesenden und stand bei den ländlichen Bewohnern im Ruf besonderer Gerechtigkeit. Zunächst erhoben die Methymnäer Anklage, in klaren, knappen Worten, da sie es ja mit einem Hirten als Richter zu tun hatten. »Wir sind«, sagten sie, »auf diese Flur gekommen, um zu jagen. Unser Fahrzeug haben wir mit einem Strick aus grünen Weidenruten festgemacht und am Ufer zurückgelassen und haben selbst mit den Hunden die Jagd auf Wild aufgenommen. In dieser Zeit sind die Ziegen dieses Jungen an den Strand gelaufen, haben die Weidenruten abgefressen und das Schiff losgemacht. Du hast selbst gesehen, wie es auf dem Meere dahinfuhr. Was glaubst du, mit wieviel kostbarem Gut es beladen war! Was für wertvolle Kleidung ist verloren, wieviel kostbares Gerät; wieviel Geld ist dahin! Mit dieser Habe könnte man gut und gern alle diese Äcker kaufen. Als Ersatz für den Schaden verlangen wir, daß wir ihn mitnehmen dürfen; ist er doch ein schlechter Ziegenhirt, der seine

Ziegen am Strande weiden läßt, als wäre er ein Seemann.«

16 Das brachten die Methymnäer als Anklage vor. Daphnis war durch die Schläge übel zugerichtet; als er aber unter den Anwesenden Chloë sah, vergaß er alle seine Leiden und sprach so: »Ich weide die Ziegen, wie es sich gehört. Nie hat sich auch nur ein Nachbar darüber beklagt, daß eine meiner Ziegen einen Garten abgefressen oder einen jungen Weinstock umgeknickt hätte. Das da sind üble Jäger mit schlechterzogenen Hunden, die mit ihrem vielen Hin- und Herlaufen und ihrem rauhen Gebell meine Ziegen wie Wölfe von den Hängen und von der Ebene bis ans Meer verfolgt haben. Gewiß, sie haben den Strick gefressen; im Sande fanden sie ja auch kein Gras, kein Erdbeerblatt, keinen Thymian. Gewiß, das Schiff ging verloren, aber durch den Wind und die Wellen; das ist die Schuld des Sturmes, nicht die meiner Ziegen. Gewiß, in dem Schiff war Kleidung und Geld. Wo aber gibt es einen vernünftigen Menschen, der glauben könnte, ein Schiff mit solchen Schätzen an Bord hätte einen Strick aus Weidenruten als Haltetau!«

17 Das brachte Daphnis unter Tränen vor und erweckte damit bei den Bauern tiefes Mitleid, so daß der Richter Philetas bei Pan und den Nymphen schwor, Daphnis sei in keiner Weise schuldig, ja nicht einmal die Ziegen; schuld seien die Wellen und der Wind, über die andere Richter zu befinden hätten. Mit diesem Schiedsspruch überzeugte Philetas die Methymnäer nicht. Sie drangen in ihrem Zorn auf Daphnis ein, versuchten wieder, ihn mit wegzuführen, und wollten ihn

fesseln. In diesem Augenblick fielen die Landleute, in Aufruhr gebracht, über sie her wie Stare oder Dohlen. Und schon rissen sie ihnen Daphnis rasch aus den Händen, der sich auch selbst wehrte, und rasch schlugen sie die jungen Leute aus Methymna, mit Knüppeln dreinhauend, in die Flucht. Sie ließen nicht eher von ihnen, als bis sie über die Grenzen hinaus in eine andere Flur verjagt waren.

18 Während sie so die Methymnäer verfolgten, führte Chloë Daphnis ganz friedlich zu den Nymphen und wusch ihm das blutüberströmte Gesicht – infolge eines Schlages war die Nase aufgeplatzt. Dann holte sie aus ihrer Hirtentasche ein Stück gesäuertes Brot und ein Scheibchen Käse und gab es ihm zu essen. Was ihm aber ganz besonders aufhalf, war ein süßer Kuß, den sie ihm mit zarten Lippen bot.

19 Für diesmal war Daphnis hart am Unglück vorbeigekommen. Der Zwischenfall war jedoch damit nicht beigelegt, im Gegenteil! Kaum waren die jungen Leute aus Methymna unter Mühsalen in ihre Heimat zurückgekehrt, als Wanderer, nicht zu Schiff, und voller Wunden statt in Saus und Braus, beriefen sie eine Versammlung der Bürgerschaft ein und flehten unter Niederlegung von Ölzweigen, daß man ihnen Genugtuung zubillige. Von dem wahren Verlauf sprachen sie auch nicht mit einer Silbe, um sich nicht obendrein zum Gespött zu machen, wenn man erfahre, daß ihnen von den Hirten so viel und so schlimm mitgespielt worden war. Sie erhoben vielmehr Klage wider die Mytilenäer, daß sie ihnen ihr Schiff weggenommen und ihr Hab und Gut wie im Kriege geraubt

hätten. Die Versammelten glaubten ihnen angesichts der Wunden, hielten es für recht und billig, den jungen Leuten aus ihren ersten Familien Genugtuung zu verschaffen, und beschlossen einen Krieg ohne Kriegserklärung. Sie gaben dem Befehlshaber den Auftrag, zehn Schiffe in See gehen zu lassen und die Küste der Mytilenäer zu verheeren. Da der Winter nahe war, schien es gewagt, dem Meere eine größere Flotte anzuvertrauen.

20 Der Befehlshaber lief gleich am nächsten Tage aus mit Männern, die Ruderer und Soldaten zugleich waren, und überfiel die am Strande gelegenen Fluren der Mytilenäer. Er raubte viele Herden, viel Getreide und Wein – die Weinernte war ja eben beendet – und auch nicht wenige Menschen, deren Arbeit das Geraubte zu verdanken war. Er fuhr auch zu den Fluren von Chloë und Daphnis, landete rasch und schleppte als Beute fort, was ihm in die Hände fiel. Daphnis betreute seine Ziegen nicht, sondern war in den Wald hinaufgegangen und hieb grünes Blattwerk ab, damit er es im Winter den jungen Ziegen als Futter reichen könne. Als er von der Höhe den Überfall bemerkte, versteckte er sich im hohlen Stamm einer abgestorbenen Buche. Chloë war dagegen bei den Herden, und als man ihr nachstellte, floh sie schutzsuchend zu den Nymphen und bat die Räuber, um der Göttinnen willen ihre Schützlinge und sie selbst zu schonen. Aber das half gar nichts. Die Leute aus Methymna trieben mit vielen Götterbildern ihren Spott, führten die Herden weg und nahmen auch sie wie eine Ziege oder ein Schaf unter Rutenschlägen mit.

21 Als sie dann die Schiffe mit Raubgut aller Art vollgeladen hatten, beschlossen sie, ihre Fahrt nicht mehr weiter auszudehnen; sie machten sich auf die Heimreise, da sie den Winter und die Feinde fürchteten. So fuhren sie denn davon und mußten mit großer Anstrengung rudern, da Windstille herrschte. Daphnis ging, als Ruhe eingetreten war wieder in die Ebene hinab, wo sie beide zu weiden pflegten. Als er weder die Ziegen sah noch die Schafe antraf, noch Chloë vorfand, sondern nur tiefe Stille, und die Syrinx zerbrochen am Boden liegen sah, an deren vertrautem Klang sich Chloë immer erfreute, schrie er laut auf und jammerte zum Erbarmen. Bald eilte er zu der Eiche, an der sie zu sitzen pflegten, bald an das Meer, um sie vielleicht dort zu sehen, bald zu den Nymphen, bei denen sie Zuflucht gesucht hatte, als man sie entführen wollte. Dort warf er sich auf die Erde und machte den Nymphen Vorwürfe, daß sie Chloë im Stich gelassen hätten.
22 »Von euren Bildern wurde Chloë weggerissen, und das habt ihr ruhig mit angesehen! Und dabei war sie es, die euch Kränze flocht, die euch von der ersten Milch opferte, die euch diese Syrinx als Weihegeschenk darbrachte. Kein Wolf hat mir auch nur eine einzige Ziege geraubt, feindliche Männer entführen die Herde und meine hütende Freundin. Nun werden sie den Ziegen das Fell abziehen und die Schafe abschlachten, und Chloë wird in Zukunft in der Stadt wohnen. Wie soll ich ohne die Ziegen, ohne Chloë vor Vater und Mutter treten, nachdem ich meine Schützlinge im Stich gelassen habe? Ich habe ja nichts mehr zu hüten! Ich werde hier liegenbleiben und auf den Tod oder

einen zweiten Kriegszug warten. Leidest auch du, liebe Chloë, solche Qualen? Denkst du noch an unsere Weide, an die Nymphen hier und an mich? Oder trösten dich die Schafe und die Ziegen, die mit dir in Gefangenschaft geraten sind?«

23 Noch während er so sprach, umfing ihn ein tiefer Schlaf, der ihn von Tränen und Trauer erlöste. Da traten im Traum die drei Nymphen zu ihm, hochgewachsene, schöne Frauen, halbnackt und – unbeschuht, mit offenem Haar – ganz wie ihre Bilder anzusehen. Zuerst schienen sie Daphnis nur ihr Mitleid bezeigen zu wollen; dann aber sprach die älteste die ermutigenden Worte: »Mach uns keine Vorwürfe, Daphnis! Chloë liegt uns ja noch mehr am Herzen als dir. Wir waren es, die sich ihrer erbarmten, als sie noch ein Kind war, wir haben ihr Nahrung gebracht, als sie hier in der Grotte lag. Sie ist kein Kind dieser Flur! Auch jetzt sind wir um ihr Wohl besorgt gewesen, daß sie weger als Sklavin nach Methymna entführt noch ein Teil der Kriegsbeute wird. Wir haben Pan, dessen Bild dort unter der Pinie aufgestellt ist – ihr habt ihn nie auch nur mit einer Blumengabe geehrt! –, diesen Pan haben wir gebeten, sich Chloës anzunehmen; denn er weiß besser als wir mit Kriegsvolk umzugehen und hat schon oft die ländlichen Fluren verlassen, um Krieg zu führen. Und es ist kein angenehmer Gegner, der da gegen die Leute von Methymna auszieht! Quäle dich nicht weiter, sondern steh auf, und zeige dich Lamon und Myrtale, die selbst am Boden liegen, weil sie glauben, auch du wärest dem Raube zum Opfer gefallen! Denn Chloë wird morgen mit den Ziegen und

mit den Schafen zu dir zurückkehren, und ihr werdet wieder zusammen die Herden weiden und vereint die Syrinx blasen; im übrigen wird Eros für euch sorgen.«
24 Als Daphnis solches gesehen und gehört hatte, sprang er aus dem Schlafe auf und warf sich, die Augen vor Freude und Trauer voller Tränen, vor den Bildern der Nymphen nieder und versprach, ihnen die beste seiner Ziegen zu opfern, wenn Chloë gerettet würde. Er ging auch zu der Pinie, unter der das Bild des Gottes errichtet war, hörnertragend, mit Bocksfüßen, in der einen Hand eine Syrinx, in der anderen einen springlustigen Bock haltend. Auch vor ihm warf er sich nieder, legte Fürbitte für Chloë ein und versprach, ihm einen Bock zu opfern. Als die Sonne unterging, hörte er endlich mit Weinen und Beten auf. Er nahm das Laubwerk, das er gehauen hatte, und kehrte in sein Gehöft zurück. Nachdem er Lamon und Myrtale von ihrer Trauer erlöst und wieder mit frohem Mute erfüllt hatte, aß er eine Kleinigkeit und überließ sich dem Schlafe, der freilich auch nicht ohne Tränen blieb; wünschte er doch, die Nymphen möchten ihm wieder im Traum erscheinen und der Tag bald heraufziehen, an dem sie ihm Chloës Rückkehr verheißen hatten. Nie war ihm eine Nacht so lang vorgekommen. Und in dieser Nacht geschah folgendes:
25 Als der Befehlshaber der Methymnäer etwa zehn Stadien auf der Rückfahrt zurückgelegt hatte, wollte er seinen Leuten Erholung von den Anstrengungen des Überfalls gönnen. Er fand ein ins Meer vorspringendes Vorgebirge, das sich wie die Sichel des Mondes erstreckte und in dessen Golf das Meer einen besser

gegen den Wind geschützten Ankerplatz geschaffen hatte, als ihn Häfen aufweisen. Dort ließ er die Schiffe auf See vor Anker gehen, so daß kein Anwohner der Flur auch nur ein Schiff vom Lande aus beschädigen konnte, und gestattete den Methymnäern, sich friedlichen Freuden hinzugeben. Diese hatten von dem Raubzug alles in Hülle und Fülle, tranken und scherzten und taten so, als feierten sie ein Siegesfest. Eben ging der Tag zur Neige, und die Fröhlichkeit verklang erst mit Einbruch der Nacht, da schien auf einmal das ganze Land in Flammen zu stehen, und man vernahm das klatschende Geräusch von vielen Riemen, als nahe eine große Flotte. Einer schrie, der Befehlshaber solle sich zum Kampfe rüsten, einer feuerte den anderen an; einer glaubte, er sei verwundet, und ein anderer lag wie tot da. Man hätte meinen können, es würde eine nächtliche Schlacht gegen unsichtbare Gegner geliefert.

26 So schrecklich die Nacht für sie gewesen war, soviel schlimmer als die Nacht war der Tag, der heraufzog. Die Böcke des Daphnis und seine Ziegen trugen Efeu mit Blütendolden an ihren Hörnern, und die Widder und Schafe Chloës heulten wie Wölfe. Außerdem sah man Chloë selbst mit einem Pinienkranz geschmückt. Auch auf dem Meere selbst zeigten sich viele seltsame Erscheinungen. Denn wenn man die Anker aufzuwinden versuchte, blieben sie in der Tiefe, und die Riemen zerbrachen, wenn man sie zum Rudern ins Wasser hinabließ. Delphine hoben sich springend aus dem Meere, schlugen mit den Schwänzen gegen die Schiffe und lockerten sie in den Fugen. Weiter vernahm

man von dem Felsen, der hoch über dem Vorgebirge aufragte, den Klang einer Syrinx; aber sie erfreute das Herz nicht wie eine richtige Syrinx, sondern jagte denen, die sie hörten, Schrecken ein wie eine Trompete. Die Methymnäer waren völlig verwirrt. Sie liefen zu den Waffen und riefen Feinde an, die sich nicht sehen ließen, so daß sie wünschten, die Nacht zöge wieder herauf, als bekämen sie da Waffenruhe. Allen Einsichtigen war das Geschehen nur zu verständlich: die Erscheinungen und Geräusche rührten von Pan her, der den Seefahrern grollte. Sie aber konnten die Ursache nicht erraten – sie hatten doch kein Heiligtum des Pan ausgeraubt! –, bis der Befehlshaber gegen Mittag nicht ohne göttliche Fügung in einen tiefen Schlaf verfiel, in dem ihm Pan selbst erschien und ihn so anfuhr:

27 »O ihr verruchtesten und gottlosesten aller Menschen, wie konntet ihr euch in eurem Wahnsinn dessen unterfangen? Ihr habt Krieg über die ländlichen Fluren gebracht, die mir teuer sind; ihr habt Herden von Rindern, Ziegen und Schafen weggetrieben, die meinem Schutze unterstehen. Ihr habt ein junges Mädchen von Altären weggezerrt, ein Mädchen, über das Eros ein Märchen schreiben will, und ihr habt weder die Nymphen gefürchtet, die das mit ansehen mußten, noch mich, den Pan. Ihr werdet weder Methymna wiedersehen, wenn ihr mit solcher Beute beladen fahren wollt, noch werdet ihr dieser Syrinx entfliehen, die euch eben in Verwirrung brachte. Nein, ich werde euch untergehen lassen und den Fischen zum Fraß geben, wenn du nicht schleunigst Chloë den Nymphen zurückgibst

und die Herden Chloë auslieferst. Erhebe dich also, und setze das Mädchen mit allem, was ich nannte, an Land! Ich werde dich auf der Fahrt und Chloë auf ihrem Heimweg begleiten.«

28 Ganz außer sich, sprang Bryaxis auf – so hieß der Befehlshaber –, rief die Kapitäne der einzelnen Schiffe zu sich und befahl ihnen, Chloë so rasch wie möglich unter den Gefangenen ausfindig zu machen. Man fand sie bald – sie saß mit einem Pinienkranz im Haare da – und brachte sie vor sein Angesicht. Er sah in dem Kranz eine Beglaubigung dessen, was er im Traume gesehen, und brachte Chloë sogar auf seinem Führerschiff an Land. Sie war eben ausgestiegen, da hörte man wieder den Ton der Syrinx von dem Felsen; aber er klang nicht mehr kriegerisch und furchterregend, sondern wie das Lied eines Hirten, wie die Weise, die Herden auf die Weide führt. Da liefen die Schafe auf dem Schiffssteg von Bord, wobei sie mit dem Horn ihrer Hufe ausrutschten; die Ziegen liefen viel kecker herunter, da sie gewöhnt waren, auf steilem Gelände zu klettern.

29 Die Tiere stellten sich im Kreis um Chloë auf wie ein Chor, hüpfend und blökend, als freuten sie sich. Dagegen blieben die Ziegen, Schafe und Rinder der anderen Hirten auf ihren Plätzen im Bauch des Schiffes, als gelte ihnen der Ruf der Weise nicht. Als alle von Staunen erfüllt waren und den Gott Pan priesen, sah man zu Wasser wie zu Lande etwas, was noch viel wunderbarer war als das Gesagte. Noch ehe die Methymnäer die Anker aufgewunden hatten, fuhren schon ihre Schiffe, und ein Delphin sprang aus dem

Wasser und zog vor dem Führerschiff her, und die Ziegen und Schafe leitete ein ganz bezaubernder Syringenklang, und keiner sah den, der die Syrinx blies. So kamen die Schafe und Ziegen gut voran und weideten zugleich, beglückt von der Weise.

30 Es war etwa um die Zeit der zweiten Weide, da erblickte Daphnis von einer hohen Warte aus die Herden und Chloë. Mit dem lauten Ausruf »Oh, ihr Nymphen und Pan!« lief er hinab in die Ebene, umarmte Chloë und sank ohnmächtig nieder. Als er dank Chloë, die ihn küßte und zärtlich umfing, endlich wieder zu sich kam, begab er sich mit ihr zu der vertrauten Eiche. Er ließ sich an ihrem Stamme nieder und fragte Chloë, wie sie nur so vielen Feinden habe entrinnen können. Da erzählte sie ihm alles; von dem Efeuschmuck der Ziegen, dem Heulen der Schafe, dem Pinienkranz, der auf ihrem Haupt aufgesprossen, von dem Feuer auf dem Lande und von dem Donnern auf dem Meere, von dem zweifachen Syringenton, dem kriegerischen und dem friedlichen, von der schrecklichen Nacht und wie ihr, die des Weges unkundig gewesen war, die Musik den Weg gewiesen habe. Da erkannte Daphnis die Wahrheit des Traumes, in dem ihm die Nymphen erschienen waren, und das Wirken Pans und erzählte nun seinerseits, was er erlebt und gehört hatte, und daß er habe sterben wollen, dank den Nymphen aber am Leben geblieben sei. Er schickte sie fort, Dryas und Lamon zu holen und alles, was sich für ein Opfer geziemt; unterdessen fing er die beste Ziege, kränzte sie mit Efeu, wie sie und die anderen den Feinden erschienen waren, goß Milch über ihre Hörner und

schlachtete sie den Nymphen zu Ehren; er hängte sie auf, zog ihr das Fell ab und brachte es als Weihgabe dar. 31 Als sich dann Chloë mit den beiden eingefunden hatte, zündete er Feuer an, kochte einen Teil des Fleisches und briet den anderen, brachte das erste davon den Nymphen zum Opfer und goß einen Krug voll Most darüber. Aus Blättern bereitete er Ruhelager, und dann wurde gegessen, getrunken und gescherzt; gleichzeitig sah Daphnis nach den Herden, daß kein Wolf sie überfalle und unter ihnen wüte wie ein Feind. Da sang man auch Lieder auf die Nymphen, Weisen alter Hirten. Als die Nacht heraufzog, legten sie sich dort auf dem Felde zum Schlafen nieder. Am Tage darauf gedachten sie des Pan, bekränzten den Bock, der die Herde geführt hatte, mit einem Kranz von Pinienzweigen und führten ihn zu der Pinie des Pan. Nach einer Opferspende von Wein schlachteten sie ihn unter preisenden Anrufungen des Gottes, hängten ihn auf und zogen ihm das Fell ab. Wieder brieten sie einen Teil des Fleisches und kochten den anderen und legten es ganz in der Nähe auf die Wiese, auf die Blätter, die sie ausgebreitet hatten; die Tierhaut mit den Hörnern hängten sie an der Pinie neben dem Bilde des Gottes auf, ein Geschenk, wie es Hirten dem Hirtengotte darbringen. Sie opferten auch das erste von dem Fleisch dem Gotte und spendeten eine Gabe aus einem größeren Mischkruge. Chloë sang, und Daphnis blies die Syrinx. 32 Danach ließen sie sich nieder und schmausten. Da trat der Rinderhirt Philetas zu ihnen, der gerade dem Pan ein paar Kränzlein bringen wollte und Trauben, die noch im Laub an den Reben hingen. Ihn begleitete

sein jüngster Sohn Tityros, ein blonder, blauäugiger Knabe von heller Haut, ein ausgelassenes Kerlchen, das leichtfüßig dahinsprang, hüpfend wie ein junger Bock. Chloë und Daphnis sprangen auf, halfen ihm, Pan zu bekränzen, und hängten die Reben in den Zweigen der Pinie auf; dann luden sie ihn ein, an ihrer Seite Platz zu nehmen und mit ihnen zu trinken. Und wie das bei alten Leuten, die leicht angetrunken sind, so zu gehen pflegt, gab es zwischen Lamon, Dryas und Philetas eine rege Unterhaltung: wie gut sie die Herden gehütet, als sie noch jung waren, wie sie viele Angriffe von Räubern glücklich überstanden. Da rühmte sich der eine, daß er einen Wolf erschlagen, der andere, daß er im Blasen der Syrinx nur hinter Pan zurückgeblieben sei; das war es, worauf sich Philetas besonders etwas zugute tat.

33 Daphnis und Chloë baten ihn auf alle Weise, ihnen eine Probe seiner Kunst zu vermitteln und am Festtag des syringenfrohen Gottes die Syrinx zu blasen. Philetas sagte es ihnen zu, wenn er auch auf sein Alter schalt, das ihm den Atem raube, und ließ sich die Syrinx des Daphnis geben. Die war für so hohes Können zu klein; war ihr doch nur vom Munde eines Knaben Atem verliehen. Darum schickte Philetas Tityros in sein Gehöft, das zehn Stadien entfernt lag, ihm die eigene Syrinx zu bringen. Tityros warf seinen Rock ab und begann nackt davonzulaufen wie ein junger Hirsch, während Lamon sich erbot, ihnen das Märchen von der Syrinx zu erzählen, das ihm einmal ein sizilischer Ziegenhirt um den Lohn eines Bockes und einer Syrinx vorgetragen habe.

34 »Die Syrinx, die wir blasen, war ursprünglich gar kein Instrument, sondern ein herrliches Mädchen mit einer wohlklingenden Stimme, das Ziegen hütete, mit den Nymphen spielte und sang, wie heute das Instrument. Während sie so weidete, spielte und sang, nahte ihr Pan, wollte sie sich gefügig machen und versprach ihr, alle ihre Ziegen Zwillinge gebären zu lassen. Sie lachte über seine Liebeswerbung: sie wolle sich keinen Geliebten anschaffen, der weder ein ganzer Bock noch ein ganzer Mensch sei. Pan versuchte, sie mit Gewalt in seine Hand zu bekommen, aber Syrinx entzog sich ihm und der Gewalt. Sie floh und versteckte sich, des Laufens müde, im Schilfrohr und versank im Sumpfe. Pan schnitt in seinem Zorn das Schilfrohr ab, und da er das Mädchen nicht fand und ihr Schicksal begriff, ersann er das Instrument, indem er die Rohre in verschiedener Länge mit Wachs zusammenfügte, wie ja auch ihrer beider Liebesverlangen unterschiedlich gewesen war; und was damals eine schöne Jungfrau war, ist jetzt eine tönende Syrinx.«

35 Eben hatte Lamon die Erzählung des Märchens beendet und Philetas ihn gepriesen, daß er ein Märchen vorgetragen, das süßer sei als ein Gesang, da kam Tityros zurück und brachte seinem Vater die Syrinx, ein großes Instrument mit mächtigen Pfeifen, und dort, wo es mit Wachs zusammengefügt war, war es mit Bronze kunstvoll verziert. Man hätte meinen können, das sei die Syrinx, die Pan zuerst zusammengefügt. Von ihrem Anblick entzückt, richtete sich Philetas auf seinem Platze auf und untersuchte zunächst, ob die Rohre guten Zug hätten. Als er dann feststellte, daß

die Luft ungehindert durchkam, blies er mit jugendlicher Kraft voll hinein. Man konnte meinen, ein Konzert mehrerer Flöten zu vernehmen, so gewaltig tönte die Syrinx. Allmählich milderte er die Gewalt seines Atems und ging in eine anmutigere Melodie über. Er erwies sich als Meister in allen melodischen Weisen und blies, wie es bei einer Rinderherde angebracht war, wie es einer Ziegenherde frommte, wie es eine Schafherde liebte. Anmutig war das Lied für die Schafe, gewaltig das für die Rinder, durchdringend das für die Ziegen; kurz, die eine Syrinx übernahm die Weisen aller Syringen.

36 Während die anderen in schweigender Freude dalagen, sprang Dryas auf, bat, Philetas möge eine dionysische Weise anstimmen, und tanzte vor ihnen einen Weinlesetanz: bald gebärdete er sich wie einer, der Trauben erntet, bald wie einer, der Körbe trägt, dann wieder, als stampfe er die Trauben, dann, als fülle er die Fässer, dann, als trinke er den Most. Alles das tanzte Dryas mit so viel Geschick und Lebendigkeit, daß man die Weinstöcke, die Kelter, die Fässer zu sehen glaubte und meinte, Dryas trinke wirklich.

37 Nachdem als dritter dieser Alte mit seinem Tanz Beifall geerntet hatte, küßte er Chloë und Daphnis. Beide sprangen rasch auf und tanzten das Märchen Lamons. Daphnis spielte den Pan, Chloë die Syrinx. Daphnis flehte sie an und wollte sie gewinnen, Chloë versagte sich und lachte. Daphnis setzte ihr nach und lief auf den Fußspitzen, um die Bocksfüße des Gottes anzudeuten, und Chloë spielte die auf der Flucht Ermüdete. Dann verbarg sich Chloë im Gebüsch, wie

Syrinx im Sumpf, während Daphnis die große Syrinx des Philetas ergriff und blies: klagend wie ein Liebender, begehrend wie ein Verführer, rufend wie ein Suchender. Philetas geriet darüber in Entzücken, sprang auf, küßte ihn und schenkte ihm nach dem Kusse seine Syrinx mit dem Wunsche, Daphnis möge sie auch einmal einem ebenso würdigen Nachfolger hinterlassen.

38 Daphnis weihte die eigene, kleine Syrinx dem Pan und küßte Chloë, als hätte er sie nach einer wirklichen Flucht wiedergefunden; dann trieb er, als die Nacht schon heraufzog, seine Herde nach Hause, die Syrinx blasend; auch Chloë trieb ihre Schafherde heim und begleitete die Weise der Syrinx mit ihrem Gesang. Die Ziegen liefen ganz nahe bei den Schafen, und Daphnis schritt, Chloë nahe, dahin, so daß sie einander bis zum Einbruch der Nacht genossen und verabredeten, ihre Herden am nächsten Tage früher auszutreiben; und so taten sie auch. Kaum brach der Tag an, da zogen sie wieder auf die Weide. Erst begrüßten sie die Nymphen, dann den Pan; danach ließen sie sich am Fuße der Eiche nieder und bliesen die Syrinx. Anschließend küßten sie sich, umarmten einander und legten sich zusammen nieder, und ohne darüber hinaus etwas zu tun, erhoben sie sich wieder. Auch das Essen vergaßen sie nicht und tranken Wein, den sie mit Milch gemischt hatten.

39 Durch all das heißer und kühner geworden, trugen sie miteinander einen Wettstreit um die Liebe aus und gingen bald dazu über, einander Treue zu schwören. Daphnis trat an die Pinie heran und schwor bei dem Gotte Pan, er wolle allein, ohne Chloë, nicht weiter-

leben, nicht einen Tag; Chloë betrat die Grotte der Nymphen und schwor, sie wolle mit Daphnis vereint leben und sterben. Chloë war so einfältig in ihrer Mädchenhaftigkeit, daß sie beim Verlassen der Grotte sogar noch einen zweiten Schwur von ihm haben wollte. »Daphnis«, sagte sie, »der Gott Pan ist ebenso verliebt wie untreu. Er entbrannte einmal in Liebe zu Pitys, einmal in Liebe zu Syrinx. Nie hört er auf, die Dryaden zu bedrängen und die epimelischen Nymphen zu belästigen. Wenn du dich mit deinen Schwüren nicht um ihn kümmerst, wird er es unterlassen, dich zu strafen, selbst wenn du zu mehr Frauen gehst, als Rohre auf der Syrinx sind. Schwöre du mir bei dieser Ziegenherde und jener Ziege, die dich aufzog, Chloë nicht zu verlassen, solange sie dir treu bleibt; vergeht sie sich an dir und an den Nymphen, dann fliehe, hasse, ja töte sie wie einen Wolf!« Daphnis freute sich über ihr Mißtrauen, trat mitten unter die Ziegen, griff sich mit der einen Hand eine Ziege, mit der anderen einen Bock und schwor, Chloë zu lieben, solange sie ihn liebe; und sollte sie ihm einmal einen andern vorziehen, wolle er nicht sie, sondern sich töten. Chloë freute sich und vertraute ihm in der Einfalt eines Hirtenmädchens, das die Ziegen und Schafe als die besonderen Götter der Schaf- und Ziegenhirten ansah.

DRITTES BUCH

1 Als man in Mytilene von der Landung der zehn Schiffe erfuhr und einige, die vom Lande kamen, von dem Raubzug berichteten, hielt man es für unmöglich, sich das von den Leuten in Methymna gefallen zu lassen; man beschloß, selbst schleunigst gegen sie die Waffen zu erheben. Man stellte dreitausend Schildträger und fünfhundert Reiter zusammen und schickte sie unter dem Feldherrn Hippasos auf dem Landwege in den Krieg, da man zur Winterzeit das Meer fürchtete.

2 Hippasos brach auf, plünderte jedoch die Fluren von Methymna nicht, raubte auch den Bauern und Hirten weder Vieh noch Hab und Gut; das, meinte er, sehe eher einem Räuber als einem Feldherrn ähnlich. Er rückte in raschem Zuge gegen die Stadt selbst vor, um die unbewachten Tore zu stürmen. Er war etwa zehn Stadien von der Stadt entfernt, als ihm ein Herold mit einem Friedensangebot entgegenkam. Die Bewohner von Methymna hatten nämlich von den Gefangenen erfahren, daß man in Mytilene nichts von dem gewußt hatte, was sich wirklich zugetragen hatte, und daß tatsächlich nur Bauern und Hirten gegen die übermütigen jungen Leute in dieser Weise vorgegangen wären. Sie bereuten, sich mehr übereilt als klug gegen eine Nachbarstadt vorgewagt zu haben, und wünschten lebhaft, unter Rückgabe des gesamten Raubes mit ihr zu Lande und zur See in Frieden verkehren zu können. Den Herold schickte Hippasos nach Mytilene, obwohl er mit unbeschränkter Voll-

macht zum Feldherrn erwählt worden war; er selbst schlug etwa zehn Stadien von Methymna entfernt ein Lager auf und erwartete die Weisungen aus der Heimat. Als zwei Tage verstrichen waren, kam der Bote mit dem Befehl, sich das geraubte Gut ausliefern zu lassen und ohne irgendwelche feindliche Handlungen wieder nach Hause zurückzukehren. Da ihnen Krieg und Frieden zur Wahl gestellt war, fanden sie den Frieden denn doch vorteilhafter.

3 So wurde der Krieg zwischen Methymna und Mytilene, der überraschend begonnen und geendet hatte, beigelegt. Dann kam der Winter, der für Daphnis und Chloë bitterer war als der Krieg. Plötzlich war eine Menge Schnee gefallen, der alle Wege versperrte und alle Landbewohner in ihre Behausungen einschloß. Wild stürzten die Bäche ins Tal, die Eis angesetzt hatten; die Bäume glichen Skeletten, und vom Erdboden war nur noch gelegentlich an Quellen und Wasserläufen etwas zu sehen. Niemand konnte daher eine Herde auf die Weiden treiben oder selbst vor die Tür hinausgehen. Sie mußten beim Hahnenschrei ein großes Feuer anmachen, und dann spannen einige Flachs, andere filzten Ziegenhaare, wieder andere verfertigten mit geschickter Hand Fallen für Vögel. Jetzt mußte man sich um Nahrung für das Vieh kümmern: die Rinder bekamen Kleie in ihre Krippen, Ziegen und Schafe Laub in ihre Hürden, die Schweine Eicheln und Bucheckern in ihre Koben.

4 Da so alle zu unfreiwilliger Häuslichkeit verurteilt waren, freuten sich Bauern wie Hirten, auf einige Zeit mühevoller Arbeit enthoben zu sein, in Ruhe früh-

stücken und lange schlafen zu können, so daß sie den Winter angenehmer fanden als Sommer und Herbst, ja selbst als den Frühling. Chloë und Daphnis dagegen dachten an die verlorenen Freuden: wie sie sich geküßt, einander umarmt, zusammen ihr Mahl eingenommen hatten. Sie verbrachten schlaflose und kummervolle Nächte und erwarteten die Zeit des Frühlings als eine Wiedererweckung vom Tode. Sie waren traurig, wenn sie eine Hirtentasche in die Hand bekamen, aus der sie miteinander gegessen, oder wenn sie einen Milcheimer fanden, aus dem sie getrunken, oder wenn sie die Syrinx jetzt achtlos daliegen sahen, die eine Gabe der Liebe gewesen war. Da flehten sie zu den Nymphen und zu Pan, sie von diesen Leiden zu erlösen und ihnen und den Herden doch endlich wieder die Sonne zu zeigen, und während sie so beteten, sannen sie auf Mittel, einander zu sehen. Chloë befand sich da in einer schrecklichen Rat- und Hilflosigkeit; denn ihre vermeintliche Mutter war immer um sie, lehrte sie die Wolle krempeln, die Spindel drehen und kam dabei immer aufs Heiraten zu sprechen. Daphnis aber, der ja Muße hatte und erfinderischer war als das Mädchen, ersann folgende List, um Chloë zu sehen:

5 Vor dem Gehöft des Dryas, unmittelbar am Hofeingang, wuchsen Efeu und zwei starke Myrten. Die Myrten standen nahe beieinander, der Efeu zwischen beiden, so daß er seine Ranken wie ein Weinstock nach beiden Myrten ausstreckte und durch die ineinandergreifenden Blätter eine Art von Grotte bildete; da hingen, wie Trauben an Weinreben, viele große Beerendolden. Bei dem Efeu versammelten sich nun viele

Wintervögel, da sie draußen kein Futter fanden: viele Amseln, Drosseln, Wildtauben, Stare und manche anderen Vögel, die sich von Efeu nähren. Unter dem Vorwand, diese Vögel fangen zu wollen, machte sich Daphnis auf den Weg, nachdem er seine Hirtentasche mit Honigbrot gefüllt hatte, und nahm, damit man ihm glaube, Vogelleim und Schlingen mit. Die Entfernung betrug nicht mehr als zehn Stadien; doch machte ihm der Schnee, der noch nicht geschmolzen war, viel zu schaffen. Aber die Liebe findet überall ihren Weg, durch Feuer und Wasser und skythischen Schnee.

6 Rasch eilte er zu dem Gehöft, schüttelte sich den Schnee von den Füßen, stellte die Fallen auf und bestrich lange Ruten mit Vogelleim; dann setzte er sich nieder und lauerte auf Vögel und Chloë. Nun, Vögel kamen in großer Zahl und wurden reichlich gefangen, so daß er tausend Mühen hatte, sie zu sammeln, zu töten und zu rupfen. Aber niemand kam aus dem Hof, kein Mann, kein weibliches Wesen, nicht einmal ein Huhn; alle hockten unverwandt drinnen am Feuer, so daß Daphnis sehr im Zweifel war, ob er nicht »unter ungünstigen Vogelzeichen« gekommen sei. Schon wollte er so dreist sein, unter einem Vorwand durch die Tür in den Hof einzudringen, und überlegte nur noch bei sich, was er am glaubhaftesten vorbringen könne. »Ich kam, um mir Feuer zu holen.« – »Ja, hattest du denn keine Nachbarn, nur ein Stadion von dir entfernt?« – »Ich kam, um Brot zu erbitten.« – »Aber deine Tasche ist ja voller Essen!« – »Ich brauche Wein.« – »Aber du hast doch gestern und vorgestern erst gekeltert!« – »Ein Wolf war hinter mir her.« – »Und wo

sind die Spuren des Wolfes?« – »Ich kam, um Vögel zu fangen.« – »Warum gehst du dann nicht wieder; du hast doch welche gefangen!« – »Ich will Chloë sehen« – wer gesteht das dem Vater und der Mutter eines Mädchens ein? Da nichts verfangen wollte, meinte er: »Nein, von allen diesen Vorwänden ist keiner unverdächtig. Also ist es besser, ich verhalte mich still. Ich werde eben Chloë erst im Frühjahr wiedersehen, da es mir offenbar nicht vergönnt ist, sie im Winter zu sehen.« In solchen Gedanken raffte er schweigend seine Jagdbeute zusammen und schickte sich an, wieder zu gehen. Da geschah, als hätte Eros Mitleid mit ihm bekommen, folgendes:

7 Dryas saß mit den Seinen am Tische. Man schnitt das Fleisch auf, legte Brot bereit und mischte den Wein. Da paßte ein Schäferhund einen unbeobachteten Augenblick ab, schnappte sich ein Stück Fleisch und entwischte durch die Tür. Dryas wurde böse – es war sein Anteil! – ergriff einen Stock und nahm seine Spur auf, als wäre er selbst ein Hund. Bei der Verfolgung kam er an den Efeu und sah Daphnis, der die Jagdbeute auf seine Schultern genommen hatte und sich davonmachen wollte. Da vergaß Dryas Fleisch und Hund im Nu und rief mit lauter Stimme: »Willkommen, mein Sohn!«, umarmte und küßte ihn und zog ihn mit sich hinein. Als die beiden Liebenden einander erblickten, wären sie beinahe zu Boden gesunken. Aber sie brachten es doch fertig, stehen zu bleiben, begrüßten einander und küßten sich, und das war gewissermaßen der Halt für sie, daß sie nicht niedersanken.

8 Als Daphnis so wider Erwarten zu einem Kuß und

zur Begegnung mit Chloë gekommen war, setzte er
sich nahe an das Feuer, nahm die Wildtauben und Amseln
von der Schulter und lud sie auf dem Tisch ab.
Dann erzählte er, wie er in seinem Ärger über das
Herumsitzen zu Hause auf die Jagd gegangen sei und
wie er diese Vögel mit der Schlinge, die anderen mit
Hilfe des Vogelleims gefangen habe, als sie von den
Myrten und dem Efeu hätten naschen wollen. Man
rühmte seine Tatkraft und hieß ihn, von dem zu essen,
was der Hund übriggelassen habe, und wies Chloë an,
ihm etwas zum Trinken einzugießen. Beglückt reichte
Chloë zunächst den anderen und erst danach Daphnis
den Becher; sie tat so, als wäre sie böse, daß Daphnis
gekommen sei und, ohne sie zu sehen, wieder habe
fortgehen wollen. Trotzdem nahm sie erst einen
Schluck, ehe sie ihm den Becher kredenzte, und reichte
ihn dann so hin. Daphnis hatte zwar Durst, aber er
trank langsam und schuf sich durch sein langsames
Trinken einen länger währenden Genuß.

9 Rasch war der Tisch von Brot und Fleisch geleert;
doch blieb man noch sitzen, und Dryas und Nape erkundigten
sich nach Myrtale und Lamon und priesen
sie glücklich, daß sie eine solche Stütze für ihr Alter gefunden
hatten. Daphnis freute sich über das Lob, weil
es Chloë mitanhörte. Als sie ihn nun gar zum Bleiben
nötigten, weil sie am folgenden Tage dem Dionysos
ein Opfer darbringen wollten, da hätte er vor Freude
beinahe die beiden Alten statt des Dionysos anbeten
mögen. Gleich brachte er aus seiner Hirtentasche viele
Honigkuchen und die gefangenen Vögel hervor, die
sie zum Nachtmahl zurechtmachten. Ein zweiter

Mischkrug kam auf den Tisch, und zum zweiten Male wurde Feuer gemacht, und da es sehr schnell Nacht wurde, nahmen sie noch ein zweites Mahl ein, nach dem sie sich Geschichten erzählten oder sangen. Dann gingen sie schlafen: Chloë mit ihrer Mutter, Dryas mit Daphnis. So hatte Chloë nichts gewonnen als die Hoffnung, Daphnis am kommenden Tage zu sehen; Daphnis aber genoß Freuden der Einbildung. Ihm schien es ja schon eine Lust, mit Chloës Vater schlafen zu gehen, und so umarmte und küßte er ihn vielmals; er lebte in dem Traum, dies alles tue er mit Chloë.

10 Als es Tag wurde, war es bitter kalt, und der Nordwind ließ alles erstarren. Nach dem Aufstehen opferten sie dem Dionysos einen jährigen Widder; dann wurde ein mächtiges Feuer angemacht und die Mahlzeit bereitet. Während Nape das Brot buk und Dryas das Fleisch des Widders kochte, nutzten Daphnis und Chloë die Zeit, da sie nichts zu tun hatten, und gingen vor den Hof, dorthin, wo der Efeu wuchs. Sie stellten erneut Fallen auf und bestrichen Ruten mit Vogelleim; so fingen sie eine ganze Menge Vögel. Dabei genossen sie, ohne ein Ende zu finden, die Freude, sich zu küssen und einander Liebes zu sagen. »Nur deinetwegen bin ich gekommen, Chloë.« – »Ich weiß, Daphnis.« – »Nur deinetwegen morde ich die armen Amseln.« – »Wie soll ich dir danken?« – »Denk an mich!« – »Oh, ich denke an dich, so wahr die Nymphen leben, bei denen ich es einst in jener Grotte geschworen habe, in die wir gleich wieder gehen wollen, sobald der Schnee schmilzt.« – »Ach, Chloë, es liegt noch viel Schnee, und ich fürchte, noch vor ihm dahinzuschmel-

70

zen.« – »Gib die Hoffnung nicht auf, Daphnis, die Sonne ist warm!« – »Wenn sie doch so heiß brennen wollte, Chloë, wie das Feuer, das mein Herz verzehrt!« – »Ich glaube, du scherzt und willst mich nur betören.« – »Nein, bei den Ziegen, bei denen du mir den Schwur abverlangtest.«

11 So entgegnete Chloë ihrem Daphnis wie ein Echo. Als Nape sie rief, liefen sie hinein und brachten eine viel reichere Beute mit als Daphnis am Tage zuvor. Sie spendeten dem Dionysos aus dem Mischkrug und aßen, das Haupt mit Efeu umkränzt. Und als es an der Zeit war und sie in jubelnden Rufen Dionysos gehuldigt hatten, entließen sie Daphnis, dessen Tasche sie mit Fleisch und Brot gefüllt hatten. Sie gaben ihm die Wildtauben und die Drosseln für Lamon und Myrtale mit; sie würden sich andere fangen, solange der Winter dauere und der Efeu vorhalte. Daphnis ging, nachdem er die beiden Alten und dann Chloë geküßt hatte; er wollte, daß ihm ihr Kuß rein erhalten bleibe. Noch oft fand er unter anderen Vorwänden den Weg zu ihr, so daß der Winter für sie nicht ganz der Liebe entbehrte.

12 Als dann endlich mit Frühlingsanfang der Schnee schmolz, die Erde wieder zum Vorschein kam und das Gras zu sprießen begann, trieben die Hirten ihre Herden auf die Weide und vor allen anderen Chloë und Daphnis, da sie ja einem größeren Hirten dienten. Sie liefen sofort zu den Nymphen und zu ihrer Grotte, von dort zu Pan und seiner Pinie, dann zu ihrer Eiche, unter der sie sich niederließen, die Herden hüteten und einander küßten. Sie suchten auch Blumen, um die

Götterbilder mit Kränzen zu schmücken. Der regenbringende Westwind und die wärmende Sonne lockten sie freilich erst aus dem Boden; trotzdem fanden sie Veilchen, Narzissen, Gauchheil und manche anderen Frühlingsboten. Chloë und Daphnis hatten von den Ziegen und von einigen Schafen frische Milch und spendeten sie, während sie die Götterbilder bekränzten. Sie begannen auch wieder auf der Syrinx zu spielen, um gleichsam die Nachtigallen zum Singen zu ermuntern. Und wirklich antworteten diese aus den Büschen und brachten nach und nach die Itysklage zustande, als entsännen sie sich erst nach langem Schweigen des Liedes.

13 Da blökten die Schafe, da hüpften die Lämmer umher und tranken, unter die Muttertiere gebeugt, aus dem Euter. Den Tieren, die noch nicht geworfen hatten, setzten die Widder nach, brachten sie unter sich und besprangen sie, der eine dies Tier, der andere jenes. Auch die Ziegenböcke sah man die Ziegen mit brünstigem Sprunge verfolgen und um sie kämpfen. Jeder Bock hatte seine Ziege und wachte darüber, daß nicht ein anderer heimlich mit ihr buhle. Ein solcher Anblick hätte wohl auch Greise, wenn sie es gesehen hätten, zur Liebe entflammt. Sie aber, jung, in voller Kraft und schon lange auf der Suche nach der Liebe, erglühten bei dem, was sie hörten, vergingen über dem, was sie sahen, und suchten selbst nach etwas, was mehr sei als Kuß und Umarmung, vor allem Daphnis. War er doch durch die häusliche Ruhe und Muße des Winters zu Kräften gelangt, und so lechzte er mehr denn je nach Küssen und schmachtete nach den Umarmun-

gen und war bei allem, was er tat, unternehmungslustiger und kühner.

14 Er bat Chloë, ihm alles zu gewähren, was er wünsche, und sich nackt, wie er auch, zu ihm zu legen, und zwar länger, als sie es früher zu tun gewohnt; das fehle ja noch an dem, was Philetas sie gelehrt, und erst dann hätten sie das Mittel, das allein ihre Liebe stillen könne. Als sie fragte, was es denn noch mehr gebe als Kuß, Umarmung und gar das Liegen und was er zu tun gedenke, wenn er sich, nackt wie sie, mit ihr niederlege, sagte er: »Das, was die Widder mit den Schafen, die Böcke mit den Ziegen machen. Siehst du nicht, wie nach solchem Tun die weiblichen Tiere vor den männlichen nicht mehr davonlaufen und diese sich nicht mehr mit der Verfolgung abmühen, sondern alle gleichsam im Genuß gemeinsamer Freuden von nun an friedlich zusammen weiden? Offenbar ist dies Tun süß und überwindet das Bittere der Liebe.« – »Siehst du aber nicht auch, lieber Daphnis, daß bei den Ziegen und Böcken, den Widdern und Schafen die einen im Stehen ihr Werk verrichten, die anderen im Stehen sich hingeben, die einen aufspringen, die anderen sie auf den Rücken nehmen? Du aber verlangst, ich sollte mich mit dir niederlegen, und auch noch nackt? Und das, obwohl diese weiblichen Tiere mit ihrem Fell doch so viel angezogener sind als ich in meiner Nacktheit?« Daphnis gab ihr nach, legte sich mit ihr nieder und lag so lange Zeit. Da er nichts von dem, wonach ihn gelüstete, zu tun verstand, ließ er Chloë sich aufrichten und umschlang sie nach der Weise der Böcke von hinten. Da er dabei noch weit weniger zur Be-

friedigung kam, setzte er sich nieder und weinte darüber, daß er in den Werken der Liebe unerfahrener sei als selbst die Widder.

15 Nun lebte in seiner Nachbarschaft auf eigener Scholle ein Bauer namens Chromis, der schon über die besten Jahre hinaus war. Er hatte sich ein Frauchen aus der Stadt mitgebracht, jung, blühend und für das Leben auf dem Lande viel zu fein; sie hieß Lykainion. Diese Lykainion hatte schon immer beobachtet, wie Daphnis jeden Tag die Ziegen früh an ihrem Hause vorbei auf die Weide und am Abend von der Weide wieder nach Hause trieb, und wünschte, ihn durch Geschenke an sich zu fesseln und als Liebhaber zu gewinnen. So lauerte sie ihm eines Tages auf, als er allein kam, und schenkte ihm eine Syrinx, Honigwaben und eine Tasche aus Hirschleder. Zu sagen wagte sie noch nichts, da sie seine Liebe zu Chloë ahnte; sah sie doch, wie sehr er an dem Mädchen hing. Bisher hatte sie das nur aus der Art, wie sie sich zuwinkten, und aus ihrem Lachen erschlossen; nun aber gab sie Chromis gegenüber den Besuch bei einer Nachbarin vor, die Mutterfreuden entgegensehe, und ging in früher Morgenstunde den beiden nach, versteckte sich, um nicht gesehen zu werden, in einem Gebüsch und hörte alles, was sie sprachen, sah alles, was sie taten; auch daß Daphnis weinte, entging ihr nicht. Die Armen taten ihr leid, und in der Überzeugung, die Zeit zu beidem sei gekommen, zur Rettung der Unglücklichen und zur Erfüllung des eigenen Liebesverlangens, ersann sie folgende List:

16 Am nächsten Tag begab sie sich, wieder unter dem

Vorwande des Besuches bei der gebärenden Frau, ganz unverhohen zu der Eiche, an deren Fuße Daphnis und Chloë saßen, und rief, täuschend ähnlich die Bestürzte spielend: »Hilf mir Unglücklichen, Daphnis! Ein Adler hat mir von meinen zwanzig Gänsen gerade die schönste geraubt, und da er sich eine zu große Last aufgeladen hatte, konnte er sie nicht in der Luft zu seinem hohen Felsenhorst bringen, den du dort siehst, sondern ist mit seiner Beute in dieses niedrige Gehölz eingefallen. Komm also mit mir in das Gehölz, ich bitte dich bei den Nymphen und dem Pan dort – allein fürchte ich mich –, und rette mir die Gans; laß es nicht zu, daß mir an der Zahl meiner Gänse eine fehlt! Vielleicht wirst du auch den Adler selbst erlegen, und er wird euch nicht mehr in großer Zahl Lämmer und Böckchen rauben. Deine Herde wird Chloë inzwischen hüten; die Ziegen kennen sie ja genau, da sie immer mit dir zusammen weidet.«

17 Ohne zu ahnen, was ihn erwartete, sprang Daphnis sofort auf, nahm seinen Hirtenstock und folgte Lykainion nach, die ihn möglichst weit von Chloë wegführte. Als sie dorthin gekommen waren, wo das Gebüsch am dichtesten war, ließ sie ihn nahe bei einer Quelle niedersitzen und sprach: »Du liebst Chloë, Daphnis; ich erfuhr das in der Nacht von den Nymphen. Im Traum erzählten sie mir von den Tränen, die du gestern geweint hast, und geboten mir, dir zu helfen und dich die Kunst der Liebe zu lehren. Die besteht nicht in Küssen, Umarmungen und in dem, was Widder und Böcke tun. Es sind das ›Sprünge‹ besonderer Art, und sie sind süßer als die, die du bei jenen

sahst; denn es ist ihnen Dauer und längerer Genuß eigen. Willst du also deinen Nöten enthoben sein und die ersehnten Freuden kennenlernen, dann überlaß dich mir als gefälligen Schüler; ich will dich den Nymphen zuliebe die süße Kunst lehren!«

18 Daphnis konnte sich vor Freude nicht fassen. Harmloser Ziegenhirt, der er war, verliebt und jung, fiel er Lykainion zu Füßen und bat sie, ihn so rasch wie möglich die Kunst zu lehren, die ihm zur Erfüllung seiner Wünsche bei Chloë verhelfen könne. Und als ob er eine große und gottgesandte Lehre empfangen sollte, versprach er, ihr ein zartes Böckchen zu schenken und feine Käse von der fettesten Milch und die Ziege mit dazu. Als Lykainion so bei dem harmlosen Hirten auf eine unerwartete Bereitwilligkeit stieß, begann sie mit dem Unterricht in folgender Weise. Sie hieß ihn, sich möglichst nahe bei ihr niederzulassen und ihr Küsse zu geben, wie er sie zu geben pflegte, und so viele, wie er wolle, sie beim Küssen zu umarmen und sich dabei auf den Boden fallen zu lassen. Als er sich nun niedergelassen, sie geküßt hatte und zu Boden gesunken war und Lykainion merkte, daß er die Liebe zu üben vermochte und voller Verlangen war, da richtete sie ihn aus der Seitenlage auf, schob sich ihm mit Geschick unter und brachte ihn auf den so lange gesuchten Weg. Was das Weitere anlangte, so brauchte sie sich nicht weiter viel zu bemühen; die Natur selbst lehrte ihn, was noch zu geschehen hatte.

19 Als der Unterricht in der Liebe abgeschlossen war, wollte Daphnis, noch immer wie ein einfältiger Hirt gesinnt, zu Chloë laufen und sofort anwenden, was er

gelernt hatte, als fürchte er, er könne es vergessen, wenn er zögere. Aber Lykainion hielt ihn zurück und sprach so: »Auch das mußt du noch lernen, Daphnis! Ich bin eine Frau und habe jetzt nicht weiter viel ausgestanden. Denn es ist schon eine ganze Weile her, daß mich ein anderer Mann das gelehrt und meine Jungfrauenschaft dafür zum Lohn erhalten hat. Wenn Chloë dieses Ringen mit dir besteht, wird sie jammern und weinen und wie ermordet im Blute schwimmen. Aber du brauchst wegen des Blutes keine Angst zu haben. Hast du sie dazu beredet, sich dir hinzugeben, dann führe sie nur an diesen Platz, damit keiner es hört, wenn sie schreit, keiner es sieht, wenn sie weint, und sie sich in der Quelle waschen kann, wenn sie blutet. Und vergiß nicht, daß ich es war, die dich vor Chloë zum Manne gemacht hat!«

20 Als Lykainion ihm diesen Rat erteilt hatte, verließ sie ihn und ging nach einem anderen Teil des Gehölzes, als wolle sie noch die Gans suchen. Daphnis überdachte ihre Worte und war von dem früheren Ungestüm geheilt. Ihm war bange davor, Chloë mit mehr zu bedrängen als mit Kuß und Umarmung; denn er wollte nicht, daß sie schrie, als hätte sie einen Feind vor sich, noch daß sie weine, da es ihr wehe tue, noch blute, als habe man sie gemordet. Als Neuling in der Liebe hatte er Angst vor dem Blut und meinte, daß Blut allein aus einer Wunde fließen könne. Entschlossen, mit ihr nur die gewohnten Freuden zu genießen, verließ er das Gehölz. Er kehrte dahin zurück, wo sie saß und einen Veilchenkranz wand, gab vor, die Gans den Fängen des Adlers entrissen zu haben, und umarmte und küßte

sie so, wie er Lykainion in süßem Liebesspiel geküßt hatte; denn das war ungefährlich und erlaubt. Chloë legte den Kranz um sein Haupt und küßte sein Haar, das sie schöner fand als Veilchen. Dann zog sie aus ihrer Tasche ein Stück von einem Fruchtkuchen und einige Scheiben Brot und gab ihm zu essen. Und während er aß, raubte sie ihm die Bissen vom Munde und ließ sich so füttern wie ein Vogeljunges.

21 Während sie so aßen und sich mehr noch küßten als aßen, sahen sie eine Fischerbarke vorüberfahren. Es wehte kein Lüftchen, das Meer lag unbewegt da; und die Fischer mußten rudern. Das taten sie denn auch mit aller Kraft; denn sie hatten es eilig, eben gefangene Fische lebend zu einem reichen Bürger in die Stadt zu bringen. Wie Seeleute zu tun pflegen, um die Ermüdung nicht so zu merken, so taten auch sie beim Rudern. Einer sang ihnen, den Rudertakt angebend, Schifferlieder vor, und die übrigen fielen wie ein Chor zur gegebenen Zeit im gleichen Ton in sein Lied ein. Solange sie das draußen auf dem offenen Meere taten, verhallte der Klang, da sich ihre Stimmen in der weiten Luft verloren. Als sie aber unter einem Küstenvorsprung dahinfuhren und in eine mondförmig in das Land eingebettete Bucht einliefen, schallte der Gesang vernehmlicher, und die taktangebenden Lieder drangen deutlich ans Land. Denn dem ebenen Gelände war eine Talmulde vorgelagert, die den Schall wie ein Instrument in sich aufnahm und jeden Laut in nachahmendem Klange wiedergab, das Klatschen der Riemen so gut wie die Stimmen der Schiffer; das hörte sich recht ergötzlich an. Denn der Klang vom Meere

kam eher herüber, und der Widerhall vom Lande hörte um soviel später auf, als er später begonnen hatte.

22 Daphnis, der die Erscheinung kannte, achtete nur auf das Meer und freute sich über die Barke, die rascher als ein Vogel an der ebenen Küste vorbeiflog, und versuchte einige Lieder zu behalten, um sie später auf der Syrinx spielen zu können. Chloë dagegen lernte damals zuerst das sogenannte Echo kennen; sie blickte bald auf das Meer, wo die Schiffer im Takt ihre Lieder sangen, bald drehte sie sich nach dem Walde um und suchte die Antwortenden. Als die Schiffer vorübergefahren waren und im Talgrunde Stille herrschte, fragte sie Daphnis, ob denn auch hinter dem Küstenvorsprung ein Meer läge, ein zweites Schiff vorüberfahre und andere Schiffer die gleichen Lieder sängen und ob sie alle auf einmal verstummten. Da lachte Daphnis herzlich und küßte sie noch herzlicher als sonst, setzte ihr den Veilchenkranz auf und begann ihr das Märchen von Echo zu erzählen, mit der Bitte, sie möchte ihm als Lohn für die Erzählung zehn neue Küsse geben.

23 »Das Geschlecht der Nymphen, geliebtes Mädchen, ist weit verzweigt. Es gibt da Nymphen von Quellen, Bäumen und Sümpfen, und alle sind sie schön, alle musikbegabt. Echo war die Tochter einer dieser Nymphen, sterblich, da sie ein sterblicher Vater gezeugt, schön, da sie eine schöne Mutter geboren. Aufgezogen wurde sie von Nymphen; von den Musen lernte sie, die Syrinx und die Flöte zu blasen, die Lyra und die Kithara zu spielen und Lieder aller Art zu singen. Darum durfte sie mit den Nymphen den Rei-

gen tanzen, als sie zur Jungfrau erblüht war, und mit den Musen singen. Vor allen männlichen Wesen floh sie scheu davon, vor Menschen wie vor Göttern, da sie ihr Jungfrauentum liebte. Pan wurde nun auf das Mädchen böse, weil er ihr die musikalische Begabung neidete und die spröde Schönheit nicht gewann, und so schlug er Schäfer und Ziegenhirten mit Wahnsinn. Diese zerrisen Echo wie Hunde oder Wölfe und verstreuten ihre Gliedmaßen, die noch immer sangen, überall auf der Erde. Aus Liebe zu den Nymphen barg Mutter Erde alle Glieder Echos. Sie bewahrte auch Echos Sangesgabe und läßt auf Geheiß der Musen ihre Stimme erschallen und bildet alles im Klange nach, wie einst das Mädchen: Götter und Menschen, Instrumente und Tiere, ja selbst den syrinxblasenden Pan. Und dieser springt auf, wenn er das hört, und jagt auf den Bergen hinter ihr her, nicht um sie zu fangen, sondern nur, um zu erfahren, wer sein verborgener Schüler ist.« Nachdem Daphnis dies erzählt hatte, gab ihm Chloë nicht nur zehn, sonder unzählige Küsse. Und Echo hatte fast alles genauso wiedergegeben, als wolle sie bezeugen, daß er nichts Unwahres gesagt habe.

24 Als dann die Sonne von Tag zu Tag wärmer schien – der Frühling ging zu Ende, und der Sommer begann –, da winkten den beiden wieder neue, sommerliche Freuden. Daphnis schwamm in den Flüssen, sie badete in den Quellen; er blies die Syrinx, mit dem Wind in den Pinien wetteifernd, und sie sang im Wettstreit mit den Nachtigallen. Sie jagten den gesprächigen Grashüpfern nach und fingen zirpende Grillen, sie

sammelten Blumen, schüttelten Bäume und aßen die Früchte. Jetzt legten sie sich sogar einmal nackt miteinander nieder und deckten sich beide nur mit einem Ziegenfell zu. Leicht wäre Chloë zur Frau gemacht worden, wenn sich Daphnis nicht vor dem Blute gefürchtet hätte. Ja, in seiner Angst, daß er doch einmal in seinem Vorsatz wankend werden könnte, ließ er es oft gar nicht zu, daß sich Chloë entkleidete, so daß sich Chloë darüber verwunderte; aber sie schämte sich, nach dem Grunde zu fragen.

25 In diesem Sommer warb auch ein Schwarm von Freiern um Chloë, und sie kamen aus vielen Gegenden zu Dryas, um sie zur Ehe zu begehren. Die einen brachten irgendein Geschenk mit, die anderen stellten große in Aussicht. Von frohen Hoffnungen erfüllt, riet Nape dazu, Chloë fortzugeben und ein so großes Mädchen nicht länger im Hause zu behalten, das vielleicht nur wenig später beim Weiden seine Jungfrauenschaft verlieren und um den Preis von Äpfeln oder Rosen irgendeinen Hirten zum Manne machen würde. Nein, man solle sie zur Herrin eines Hauses machen, selbst aber die vielen Geschenke entgegennehmen und sie für den eigenen, leiblichen Sohn aufheben; sie hatten vor nicht langer Zeit einen Knaben bekommen. Dryas ließ sich manchmal durch ihre Worte betören – denn jeder Freier sagte ihm größere Geschenke zu, als sonst bei einem Hirtenmädchen üblich waren –; manchmal sagte er sich, daß das Mädchen für Freier aus dem Bauernstande viel zu gut sei und daß Chloë sie beide überaus reich und glücklich machen würde, wenn sie einmal ihre wirklichen Eltern fände. So ver-

schob er die Entscheidung, ließ Zeit um Zeit verstreichen und steckte inzwischen eine ganze Menge Geschenke ein. Als Chloë davon erfuhr, war sie sehr traurig, ließ aber Daphnis lange Zeit nichts davon merken, weil sie ihn nicht betrüben wollte. Als er sie unablässig mit Fragen bestürmte und in seiner Unkenntnis viel bekümmerter war, als wenn er Bescheid gewußt hätte, erzählte sie ihm alles: wie zahlreich und wie reich ihre Freier seien, was Nape in ihrem Eifer, sie zu verheiraten, gesagt, und daß Dryas sich nicht dagegen ausgesprochen, aber die Entscheidung bis zur Weinlese vertagt habe.

26 Darüber verlor Daphnis fast den Verstand, saß in Tränen da und sagte, es wäre sein Tod, wenn Chloë nicht mehr mit ihm weiden würde. Und nicht nur er allein würde sterben, sondern auch ihre Schafe, wenn sie eine solche Hirtin einbüßten. Dann faßte er sich wieder und war zuversichtlich; er meinte, er könne seinen Vater für sich gewinnen, zählte sich schon zu den Freiern und hoffte, die anderen ausstechen zu können. Nur eines machte ihm Sorge: Lamon war kein reicher Mann; das war das einzige, was seine Hoffnung schmälerte. Trotzdem beschloß er, um Chloë zu werben, und auch sie war ganz seiner Meinung. Lamon wagte er allerdings nichts zu sagen, aber bei Myrtale faßte er sich ein Herz, gestand ihr seine Liebe zu Chloë und sprach von der Absicht, sie zu heiraten. Myrtale teilte dies in der Nacht Lamon mit, der das Anliegen sehr unfreundlich aufnahm. Er machte ihr Vorwürfe, daß sie einen Knaben, dem die Erkennungszeichen ein großes Glück verhießen, mit

einem Hirtenmädchen verkuppeln wolle, einen Knaben, der ihnen die Freiheit verschaffen und sie zu Herren größerer Ländereien machen würde, wenn er seine wahren Eltern fände. Da hatte Myrtale in ihrer Liebe zu Daphnis Angst, er könnte sich, um die Hoffnung auf eine Heirat endgültig betrogen, zu einer unwiderruflichen Tat hinreißen lassen, und darum gab sie ihm andere Gründe für Lamons Weigerung an. »Wir sind arm, mein Kind, und brauchen eine Schwiegertochter mit einer größeren Mitgift. Die drüben sind reich und wollen reiche Schwiegersöhne. Gehe also und suche Chloë und durch sie ihren Vater zu bewegen, daß er keine großen Forderungen stellt; auch sie liebt dich ja doch über alles und will lieber bei einem armen, aber hübschen Jungen schlafen als bei einem reichen Affen.«

27 Myrtale glaubte durchaus nicht daran, daß Dryas seine Einwilligung geben werde, da er reichere Freier zur Wahl hatte, aber sie meinte, der Frage der Hochzeit in einer schicklichen Weise ausgewichen zu sein. Daphnis fand an dem Gesagten an sich nichts auszusetzen. Da er sich aber vom Ziel seiner Wünsche noch weit entfernt sah, tat er, was arme Liebende in solcher Lage zu tun pflegen: Er weinte und rief wieder die Nymphen um Hilfe an. Diese erschienen ihm, in derselben Gestalt wie zuvor, des Nachts, als er schlief, und wieder sprach die älteste: »Die Verheiratung Chloës liegt in der Hand eines anderen Gottes. Aber wir werden dir Geschenke geben, die Dryas erweichen werden. Das Schiff der jungen Leute aus Methymna, dessen Strick deine Ziegen einst auffraßen, wurde zwar

an jenem Tage durch den Wind weit vom Lande abgetrieben; in der Nacht aber machte der Wind, der vom Meere wehte, die See unruhig, und so wurde es an Land, an die Klippen der vorspringenden Küste geschleudert. Das Schiff selbst ging zugrunde und mit ihm viel von den Schätzen, die es barg; aber ein Beutel mit dreitausend Drachmen wurde von der Woge ausgespien und liegt, im Tang verborgen, in der Nähe eines toten Delphins. Seinetwegen ist da kein Wanderer hingegangen, sondern dem üblen Fäulnisgeruch ausgewichen. Du aber gehe hin, nimm den Beutel an dich, wenn du dort bist, und gib ihn Dryas, wenn du ihn an dich genommen hast! Es ist genug, daß du jetzt nicht mehr als arm gelten kannst; und nur wenig später wirst du sogar ein reicher Mann sein.«

28 Nachdem sie so gesprochen, entschwanden die Nymphen mit der enteilenden Nacht. Als es Tag geworden war, sprang Daphnis überglücklich von seinem Lager auf und trieb »mit gellendem Pfeifen« seine Ziegen auf die Weide. Er küßte Chloë, betete zu den Nymphen und lief unter dem Vorwand, sich abspülen zu wollen, hinunter zum Meer; in Wahrheit ging er in der Nähe der Brandung den Strand entlang und suchte die dreitausend Drachmen. Er sollte damit keine große Mühe haben. Denn der üble Duft des Delphins, der am Ufer lag und faulte, wehte ihm schon entgegen. Seinem Fäulnisgeruch wie einem Wegführer folgend, kam er rasch an Ort und Stelle, entfernte den Seetang und fand den Beutel voller Geld. Er hob ihn auf, steckte ihn in seine Hirtentasche und ging erst wieder fort, nachdem er die Nymphen und

auch das Meer selbst im Gebet gepriesen hatte. Denn wenn er auch ein Ziegenhirte war, so fand er im Augenblick das Meer doch feundlicher als das Land, da es ihm zur Heirat mit Chloë verhalf.

29 Im glücklichen Besitz der dreitausend Drachmen schob er sein Vorhaben nicht länger auf – war er doch jetzt, wie er meinte, der reichste Mann auf Erden, nicht nur unter den dortigen Bauern –, sondern ging auf der Stelle zu Chloë. Er erzählte ihr seinen Traum, zeigte ihr den Beutel, hieß sie, bis zu seiner Rückkehr die Ziegen zu hüten, und jagte in schnellem Laufe zu Dryas. Er traf ihn mit Nape beim Weizendreschen und brachte ganz dreist sein Heiratsanliegen vor. »Gib mir Chloë zur Frau! Ich verstehe mich gut darauf, die Syrinx zu blasen, die Reben auszuschneiden und Bäume zu setzen. Ich verstehe auch, das Land zu pflügen und gegen den Wind zu worfeln. Wie gut ich eine Herde weide, kann Chloë bezeugen: fünfzig Ziegen habe ich übernommen und es auf die doppelte Zahl gebracht. Ich habe auch schöne, stattliche Böcke gezogen; denn früher mußten wir die Ziegen von fremden Böcken decken lassen. Überdies bin ich jung und ein Nachbar, über den ihr euch nicht beklagen könnt. Mich hat eine Ziege genährt, wie Chloë ein Schaf. Bin ich den anderen Freiern darin weit voraus, so werde ich ihnen auch nicht an Gaben nachstehen. Jene wollen dir Ziegen, Schafe, ein Joch räudiger Ochsen und Korn geben, daß man damit nicht einmal die Hühner füttern kann; von mir bekommt ihr diese dreitausend Drachmen. Nur darf das niemand erfahren, selbst mein Vater Lamon nicht!« Mit diesen

Worten übergab er ihm den Beutel und umarmte und küßte ihn.

30 Als die beiden unerwartet soviel Geld zu sehen bekamen, sagten sie ihm Chloë auf der Stelle zu und erboten sich, auch Lamon dafür zu gewinnen. Nape und Daphnis blieben im Hofe, trieben die Ochsen um die Tenne und bearbeiteten die Ähren mit dem Dreschgerät. Dryas dagegen begab sich eilends zu Lamon und Myrtale, nachdem er den Beutel dort versteckt hatte, wo die Erkennungszeichen verwahrt lagen; er war gewillt – ein ganz ungewöhnliches Unterfangen! –, bei ihnen um den Bräutigam zu werben. Er fand sie damit beschäftigt, Gerste abzuwiegen, die sie erst vor kurzem geworfelt hatten, und traf sie in schlechter Laune, weil es beinahe weniger war als die ausgestreute Saat. Dryas tröstete sie darüber, indem er erklärte, es sei überall ein allgemeiner Mißwachs zu verzeichnen gewesen, und erbat Daphnis für Chloë mit dem Bemerken, daß er trotz großer Angebote von anderer Seite von ihnen nichts nehmen, ihnen vielmehr noch etwas vom Eigenen zukommen lassen werde. Schließlich wären Daphnis und Chloë miteinander aufgewachsen und durch ihren Hirtenberuf zu einer Freundschaft verbunden, die sich nicht leicht würde lösen lassen; auch wären sie jetzt alt genug, um miteinander zu schlafen. Dies und noch manches andere sagte Dryas; er hatte ja auch die dreitausend Drachmen zu gewinnen. Lamon konnte sich nicht mehr mit seiner Armut herausreden – Chloës Eltern dünkten sich ja selbst nicht zu fein für sie – noch mit dem Alter des Daphnis, denn er war inzwischen zum Jüngling her-

angegriffen, aber seine wahre Gesinnung sprach er trotzdem nicht aus: daß ihm Daphnis für eine solche Heirat zu gut sei. Er schwieg eine kleine Weile, dann antwortete er folgendermaßen:

31 »Ihr tut recht daran, daß ihr eure Nachbarn fremden Leuten vorzieht und den Reichtum nicht höher schätzt als eine rechtschaffene Armut. Pan und die Nymphen mögen es euch mit ihrer Huld vergelten! Auch mir liegt selbst viel an dieser Heirat. Ich müßte ja nicht ganz bei Verstand sein, wenn ich – schon alt und für die Arbeit auf mehr Hände angewiesen – es nicht als einen großen Gewinn ansehen würde, die Freundschaft eures Hauses zu erwerben. Und was Chloë anlangt, so ist sie ein vielbegehrtes Mädchen, schön, zur Liebe erblüht und in jeder Beziehung vortrefflich. Aber ich bin als Unfreier über nichts Herr, was mein ist, und so muß erst mein Gebieter davon unterrichtet werden und seine Einwilligung dazu geben. Verschieben wir also die Heirat bis zum Herbst! Leute aus der Stadt, die zu uns auf Besuch gekommen sind, sagen, er käme um diese Zeit. Dann sollen sie Mann und Frau werden; jetzt mögen sie einander noch wie Geschwister lieben. Nur eines, Dryas, laß dir noch gesagt sein: Du wirbst um einen jungen Mann, der von edlerer Art ist als wir!«

32 Nach diesen Worten küßte er Dryas, reichte ihm einen Trunk, da die Sonne schon hoch am Himmel stand, und begleitete ihn unter allerlei Beweisen seiner Gewogenheit ein Stück des Weges. Dryas hatte die letzten Worte Lamons nicht überhört und sann im Gehen bei sich darüber nach, wer Daphnis wohl sein

könne. »Er wurde von einer Ziege aufgezogen; das spricht für die Fürsorge von Göttern. Er ist ein schöner Mensch und gleicht ganz und gar nicht dem plattnasigen Alten und seinem kahlköpfigen Weibe. Er ist auch zu dreitausend Drachmen gekommen, und ein Ziegenhirt hat wohl kaum soviel an Birnen. Hat auch ihn vielleicht jemand ausgesetzt wie Chloë? Hat auch ihn vielleicht Lamon gefunden, wie ich sie? Haben vielleicht auch bei ihm Erkennungszeichen gelegen, ähnlich denen, die ich gefunden habe? Möchte es doch so sein, Herrscher Pan und ihr lieben Nymphen! Dann wird er vielleicht seine richtigen Eltern finden und auch etwas von Chloës Geheimnissen ans Licht bringen.« So dachte er bei sich und gab sich Träumen hin, bis er zur Tenne kam. Dort fand er Daphnis in banger Erwartung, was er wohl zu hören bekommen würde; er half ihm wieder auf, indem er ihn als Schwiegersohn begrüßte, versprach ihm, im Herbst die Hochzeit auszurichten, und gab ihm seine Hand darauf, daß kein anderer Chloë bekommen solle als Daphnis.

33 Rascher als ein Gedanke, ohne vorher etwas getrunken oder gegessen zu haben, lief Daphnis zu Chloë und verkündete ihr, als er sie fand – sie war beim Melken und Käsemachen –, die frohe Botschaft von der bevorstehenden Hochzeit. Von nun an küßte er sie unverhohlen wie seine Frau und teilte sich mit ihr in die Arbeit. Er molk die Milch in die Eimer, formte die Käse auf der Darre, legte Lämmer und Zicklein an die Mütter. War das in Ordnung, wuschen sie sich, aßen und tranken und streiften umher, reifes Obst zu suchen. Das gab es in großem Überfluß, da die Jahreszeit mit

Früchten aller Art gesegnet war: viele wilde Birnen, viele Gartenbirnen, viele Äpfel. Zum Teil war das Obst schon zu Boden gefallen, zum Teil hing es noch an den Bäumen; was auf dem Boden lag, duftete feiner, was an den Zweigen hing, leuchtete in helleren Farben; das eine roch wie Wein, das andere prangte wie Gold. Ein Apfelbaum war schon abgeerntet und hatte weder Frucht noch Blatt; kahl waren alle seine Zweige. Ein einziger Apfel war noch ganz oben an der Spitze übriggeblieben, groß und schön und an Duft allein viele andere übertreffend. Der Gärtner, der den Baum abgeerntet hatte, hatte nicht gewagt hinaufzusteigen und darauf verzichtet, ihn abzunehmen; vielleicht bewahrte er auch den schönen Apfel für einen liebenden Hirten auf.

34 Als Daphnis diesen Apfel erblickte, machte er Anstalten, hinaufzusteigen und ihn zu brechen, und als Chloë ihn daran hindern wollte, ließ er sich nicht beirren. Chloë wurde böse auf ihn, weil er nicht auf sie hörte, und lief zu den Herden. Indessen stieg Daphnis auf den Baum, brach glücklich die Frucht und brachte sie Chloë als Geschenk und sprach so zu der Schmollenden: »Diesen Apfel, geliebtes Mädchen, haben die schönen Horen wachsen lassen, ein schöner Baum hat ihm Nahrung gegeben, die Sonne hat ihn reifen lassen, und ein freundliches Geschick hat ihn für uns aufbewahrt. Ich konnte nicht zusehen, wie er dort oben so lange hängenbleibt, bis er zu Boden falle und ihn ein Schaf beim Weiden zertrete oder ein kriechender Wurm vergifte oder die Zeit ihn am Boden verkommen lasse, einen Apfel, den wir priesen, als wir ihn noch oben

hängen sahen. Einen Apfel wie diesen empfing Aphrodite als Schönheitspreis; diesen schenke ich dir als Siegerpreis. Ihr beide habt Zeugen der Schönheit von gleichem Rang: Paris war Schafhirt, ich bin Ziegenhirt.« Mit diesen Worten legte er ihr den Apfel in den Schoß. Chloë küßte Daphnis, als er ihr nahe kam, so daß er nicht bereute, daß er es gewagt und in so schwindelnde Höhe hinaufgestiegen war; empfing er doch etwas, was wertvoller war als selbst ein goldener Apfel: einen Kuß von ihr.

VIERTES BUCH

1 Ein Sklave des gleichen Herrn, dem Lamon unterstand, traf, aus Mytilene kommend, bei diesem ein und meldete, daß der Herr kurz vor der Weinlese kommen wolle, um sich selbst davon zu überzeugen, ob seine Besitzungen durch den Überfall der Methymnäer Schaden gelitten hätten. Da der Sommer nun schon zur Neige ging und der Herbst nahte, richtete Lamon den Landsitz seines Herrn zu einer wahren Augenweide her. Er machte die Quellen sauber, daß sie klares Wasser spendeten, er fuhr den Mist vom Hofe weg, damit er niemand mit seinem üblen Dufte lästig werde, und er pflegte den Garten, daß er schön aussehe.

2 Dieser Garten war ein herrlicher Besitz und nach Art königlicher Gärten angelegt. Er erreichte die Länge eines Stadions und zog sich in einer Breite von vier Plethren eine Anhöhe hinauf. Man hätte ihn für eine weite Aue halten können. Alle Baumarten wuchsen darin: Äpfel, Myrten, Birnen, auch Granaten, Feigen und Oliven gab es da. An einer anderen Stelle sah man hohe Weinstöcke, die sich mit ihren reifenden Trauben an die Apfel- und Birnbäume anschmiegten, als wollten sie in der Frucht mit ihnen wetteifern. Dies waren die veredelten Gewächse. Es gab aber auch Zypressen, Lorbeer, Platanen und Pinien. Um sie alle rankte sich statt des Weines Efeu, und seine großen schwärzlichen Dolden suchten es der Traube gleichzutun. Im inneren Teil standen, gleichsam geschützt, die fruchttragenden Bäume; die unfruchtbaren standen ringsherum wie eine von Menschenhand geschaffene

Umfriedigung, und um all das lief ein schmales Mauerwerk als Einfassung. Alles war sorgsam eingeteilt und voneinander getrennt und Stamm von Stamm ein Stück entfernt. Nur oben stießen die Zweige zusammen und griffen mit ihrem Laub ineinander; ihr natürlicher Wuchs wirkte jedoch auch wie beabsichtigte Kunst. Es gab ferner Beete voller Blumen, die zum Teil die Erde selbst erzeugte, zum Teil die Kunst des Gärtners zog; Rosen, Hyazinthen und Lilien waren das Werk von Menschenhand, während Veilchen, Narzissen und Gauchheil die Erde selbst erbrachte. Schattig war es hier im Sommer, der Frühling voller Blumen, der Herbst voller Früchte: jede Jahreszeit war reich gesegnet.

3 Von hier hatte man einen freien Ausblick auf die Ebene und konnte die Hirten mit ihren Herden sehen, man hatte die Aussicht auf das Meer und sah die Vorübersegelnden; so trug auch dies zur Herrlichkeit des Parkes bei. Wo in dem Garten nach Länge und Breite genau die Mitte war, standen Tempel und Altar des Dionysos; den Altar umrankte Efeu, den Tempel Reben. Im Tempelinnern sah man Gemälde, Darstellungen aus dem Leben des Dionysos: die gebärende Semele, die schlummernde Ariadne, den gefesselten Lykurgos, den in Teile zerrissenen Pentheus; auch der Sieg über die Inder war dargestellt und die Verwandlung der Tyrrhener, und überall sah man kelternde Satyrn, überall tanzende Bakchantinnen. Auch Pan war nicht vergessen: er saß, die Syrinx blasend, auf einem Felsen, als stimme er für die Kelternden und Tanzenden ein gemeinsames Lied an.

4 Diesen schönen Garten nahm Lamon in sorgsame Pflege. Er schnitt alles, was dürr war, heraus und band die Reben auf. Er bekränzte Dionysos und führte den Blumen Wasser zu. Es gab da eine Quelle, die Daphnis für die Blumen entdeckt hatte; obwohl sie nur für die Blumen floß, wurde sie doch Daphnisquelle genannt. Lamon ermahnte auch Daphnis, die Ziegen so fett wie möglich zu machen; ganz bestimmt werde der Herr auch sie in Augenschein nehmen, wenn er nach so langer Zeit wieder einmal komme. Daphnis hatte die feste Zuversicht, daß ihm die Ziegen Anerkennung einbringen würden. Er hatte doppelt so viele aufgezogen, wie er übernommen hatte, und nicht eine einzige hatte ein Wolf geraubt, und sie waren fetter als die Schafe. Da er seinen Herrn der Heirat recht geneigt machen wollte, ließ er ihnen alle Pflege und allen Eifer angedeihen. Er trieb sie ganz früh am Morgen aus und erst am späten Abend wieder heim. Zweimal führte er sie zur Tränke und suchte die fettesten Weideplätze auf. Er verschaffte sich neue Tröge, viele Melkeimer und größere Käsedarren. Ja, seine Sorgfalt ging so weit, daß er den Tieren die Hörner mit Salbe einrieb und das Fell kämmte. Man hätte meinen können, Pans heilige Herde vor sich zu haben. An allen Mühen um die Ziegen nahm auch Chloë teil. Sie vernachlässigte die Schafherde und widmete sich in der Hauptsache seinen Ziegen, und schließlich glaubte Daphnis, daß sie sich nur dank ihr in solcher Schönheit zeigten.

5 Während sie damit beschäftigt waren, kam ein zweiter Bote aus der Stadt und befahl ihnen, so rasch wie möglich die Weinlese zu halten; er selbst werde

dableiben, bis sie die Trauben zu Most verarbeitet hätten, und dann, nach seiner Rückkehr in die Stadt, den Herrn hergeleiten – das würde erst zur Ernte im Spätherbst sein. Diesen Boten – er hieß Eudromos, das heißt Schnelläufer, weil Laufen sein Amt war – nahmen sie in aller Freundlichkeit auf, ernteten unverzüglich die Weinstöcke ab, brachten die Trauben in die Kelter, füllten den Most in die Fässer; die vollsten Trauben brachen sie samt den Reben ab, um auch den Gästen aus der Stadt ein Bild von der Weinlese und etwas von ihren Freuden zu vermitteln.

6 Als sich Eudromos schließlich anschickte, nach der Stadt zu eilen, bedachte ihn Daphnis mit nicht geringen Gaben. Er schenkte ihm neben anderem alles, was ein Ziegenhirt schenken kann: gutgepreßte Käse, ein spätgeworfenes Böckchen, ein weißes, zottiges Ziegenfell, damit er es im Winter beim Laufen umnehmen könne. Eudromos freute sich, küßte Daphnis, versprach, dem Herrn Gutes über ihn zu berichten, und verabschiedete sich in freundlicher Gesinnung. Dagegen war Daphnis verzagt, als er mit Chloë auf der Weide war, und auch sie war voller Bangen. Denn der Junge, der bis jetzt nur Ziegen, Schafe, Bauern und Chloë zu sehen gewohnt war, sollte jetzt zum ersten Male einem Herrn unter die Augen treten, von dem er bisher nur den Namen gehört hatte. Sie machte sich Sorgen, wie Daphnis dem Herrn begegnen werde, und ihr Herz war voller Unruhe wegen der Heirat, die vielleicht nur ein eitler Traum von ihnen sei. Sie küßten sich daher ohne Unterlaß und umarmten sich so innig, als wären sie miteinander verwachsen. Aber hinter den

Küssen stand die Angst und hinter den Umarmungen der Kummer, und es war ihnen, als wäre der Herr schon da und sie müßten Angst vor ihm haben oder sich vor ihm verbergen. Nun kam gar noch folgende Aufregung für sie hinzu:

7 Es wohnte da in der Gegend ein roher Geselle, ein Rinderhirt namens Lampis, der sich auch bei Dryas um Chloë beworben und ihm schon viele Geschenke gegeben hatte, da ihm viel an der Heirat lag. Als er nun merkte, daß Daphnis sie heimführen würde, wenn er von seinem Herrn die Genehmigung erhalte, sann er auf eine List, wie er den Herrn gegen die beiden aufbringen könne, und da er wußte, daß der Park des Herrn ganze Freude war, beschloß er, ihn nach Kräften zu verwüsten und zu verunstalten. Wenn er Bäume abhieb, lief er bei dem Lärm Gefahr, ertappt zu werden; so hielt er sich an die Blumen, sie zu zerstören. Er wartete die Nacht ab, überstieg die Mauer und grub einige ganz aus, knickte andere ab und trampelte wieder andere nieder wie ein Wildschwein. Schließlich war es ihm gelungen, sich unbemerkt zu entfernen. Am nächsten Tage kam Lamon in den Garten und wollte die Blumen mit frischem Quellwasser gießen. Als er den ganzen Platz verwüstet und so zugerichtet sah, wie es nur ein Feind, aber kein Räuber fertigbringt, zerriß er auf der Stelle seinen Rock und rief mit lauter Stimme die Götter an, so daß Myrtale alles stehen- und liegenließ, was sie unter den Händen hatte, und hinauslief, Daphnis seine Ziegen aufgab und zurückkam. Und als sie den Schaden sahen, schrien sie auf und vergossen über ihrem Schreien bittere Tränen.

8 Die Trauer um die Blumen war nutzlos. Aber sie weinten um sie aus Furcht vor dem Herrn, und es hätte wohl auch ein Fremder geweint, wenn er dazugekommen wäre. Denn der Platz war aller Schönheit beraubt und war nun nichts weiter als lehmiger Boden. Wenn von den Blumen schon eine dem schlimmsten Wüten entgangen war, blühte und leuchtete sie noch und war noch schön, obwohl sie am Boden lag. Unablässig ließen sich noch Bienen auf ihnen nieder und summten unaufhörlich, als sängen sie ein Klagelied. Lamon rief in seinem Entsetzen: »Ach, die armen Rosenbüsche, wie sind sie geknickt! Ach, wie schrecklich ist das Veilchenbeet zertrampelt! Die armen Hyazinthen und Narzissen, die ein Bösewicht mit der Wurzel ausgerissen! Da wird es Frühling werden, und nichts davon wird aufsprießen! Da wird der Sommer kommen und nichts in Blüte stehen! Da wird der Herbst einziehen, und sie können niemand zum Kranze dienen! Selbst du, Herrscher Dionysos, hast dich dieser unglücklichen Blumen nicht erbarmt, unter denen du wohntest, auf denen deine Augen geruht, mit denen ich dich oft geschmückt habe! Wie soll ich nun meinem Gebieter den Park zeigen? Wie wird er zu mir sein, wenn er ihn so sieht? Er wird mich alten Mann an einer Pinie aufhängen wie den Marsyas, vielleicht, in der Meinung, die Ziegen hätten das angerichtet, auch noch den Daphnis.«

9 Noch heißer strömten bei diesen Worten die Tränen, und sie beklagten nun nicht mehr die Blumen, sondern ihr eigenes Unglück. Es klagte aber auch Chloë um Daphnis, daß er gehängt werden solle, und sie betete,

ihr Herr möchte gar nicht mehr kommen, und verbrachte kummervolle Tage, als sähe sie ihren Daphnis bereits gegeißelt. Beim Einbruch der Nacht kam nun auch noch Eudromos und meldete ihnen, daß der ältere Herr in drei Tagen komme, sein Sohn aber noch im Laufe des nächsten Tages eintreffen werde. Da berieten sie über den Vorfall und zogen Eudromos zu der Besprechung hinzu. Da er Daphnis wohlwollte, empfahl Eudromos, den Vorfall zunächst einmal dem jungen Herrn zu beichten. Er versprach, sich selbst der Sache anzunehmen; als Milchbruder des jungen Herrn stehe er in hohem Ansehen. Und das taten sie, als es wieder Tag geworden war.

10 Astylos kam auf einem Pferde angeritten und mit ihm sein Parasit, ebenfalls zu Pferde. Astylos sproßte eben der Bart, während Gnathon – das bedeutet Pausback; so hieß der Parasit – sich schon lange den Bart schor. Lamon warf sich mit Myrtale und Daphnis dem jungen Herrn zu Füßen und flehte ihn an, Mitleid mit einem unglücklichen Greise zu haben und einen völlig Unschuldigen vor dem Zorn seines Vaters zu bewahren; und zugleich erzählte er ihm alles. Astylos ging sein Flehen zu Herzen, und als er im Park die Verheerung der Blumen sah, versprach er, er wollte selbst bei seinem Vater ein gutes Wort einlegen und den Pferden die Schuld geben, die dort angebunden gewesen und wild geworden wären; da hätten sie, als sie sich losgemacht, die Blumen teils geknickt, teils niedergetrampelt, teils mit der Wurzel ausgerissen. Zum Dank dafür erflehten Lamon und Myrtale allen Segen für ihn, und Daphnis brachte als Geschenke Zicklein,

Käse, Hühner mit ihren Küken, Trauben an den Reben und Äpfel an den Zweigen. Unter den Geschenken war auch lesbischer Wein von edler Blume, köstlich zu trinken.

11 Astylos sprach sich anerkennend darüber aus und begab sich auf die Hasenjagd. Als reicher junger Mann, der immer seinem Vergnügen leben konnte, war er nur auf das Land gekommen, um neue Freuden zu genießen. Gnathon, ein Mensch, der nichts weiter gelernt hatte als zu essen, bis zum Rausch zu trinken und sich nach dem Rausche der Wollust zu ergeben, und nichts anderes war als Backe, Bauch und was unter dem Bauche ist – dieser Gnathon hatte Daphnis nicht aus den Augen gelassen, als er die Geschenke brachte. Da er seiner Veranlagung nach für schöne Knaben schwärmte und hier einer Schönheit begegnet war, wie er sie in der ganzen Stadt nicht gefunden hatte, beschloß er, sich an Daphnis heranzumachen, und meinte, er werde ihn leicht gefügig machen können, da er ja nur ein Ziegenhirt sei. In dieser Absicht nahm er an Astylos' Jagd nicht teil, sondern begab sich hinab zu Daphnis' Weideplatz, angeblich, um die Ziegen, in Wahrheit aber, um Daphnis zu sehen. Um ihn sanft zu umgarnen, lobte er die Ziegen, bat ihn, auf seiner Syrinx das Lied der Hirten zu blasen, und versprach, ihm in Kürze die Freiheit zu verschaffen; denn er vermöge alles.

12 Da er ihn willig fand, lauerte er ihm am späten Abend auf, als Daphnis die Ziegen von der Weide heimtrieb. Er lief auf ihn zu und küßte ihn zunächst; dann aber stellte er an Daphnis das Ansinnen, ihm den

Rücken zuzuwenden und sich ihm hinzugeben, wie es die Ziegen bei den Böcken machen. Daphnis begriff allmählich und sagte, es sei gewiß ganz in der Ordnung, wenn die Böcke Ziegen besprängen, aber er habe noch nie einen Bock gesehen, der einen Bock, oder einen Widder, der statt der Schafe einen Widder besprungen hätte, oder Hähne gesehen, die statt der Hennen Hähne getreten hätten. Als Gnathon handgreiflich werden und ihn vergewaltigen wollte, stieß Daphnis den betrunkenen Menschen, der sich kaum auf den Füßen halten konnte, von sich, schleuderte ihn zu Boden, lief davon wie ein junges Tier und ließ den Kerl liegen, der eines erwachsenen Mannes zur Stützung bedurfte, nicht eines Knaben. Daphnis ließ ihn nun überhaupt nicht mehr an sich heran, sondern weidete die Ziegen bald da, bald dort, um ihm zu entgehen und Chloë vor ihm zu behüten. Auch Gnathon gab sich keine Mühe mehr um ihn, nachdem er erfahren, daß Daphnis nicht nur schön, sondern auch stark war. Er wollte eine Gelegenheit abpassen, mit Astylos über Daphnis zu sprechen; er hoffte, ihn von dem Jüngling, der ihm oft und in reichem Maße gefällig war, geschenkt zu bekommen.
13 Im Augenblick kam er nicht dazu, denn Dionysophanes war mit Kleariste eingetroffen, und es herrschte ein großes Durcheinander von Zugtieren und Bedienten, Männern und Frauen. Dann machte er sich erst einmal an die Abfassung einer langen, auf Liebe gestimmten Rede. Dionysophanes war zwar schon leicht angegraut, aber doch ein stattlicher, schöner Mann, der es noch mit Jünglingen aufnehmen konnte; dabei war er auch begütert wie wenige und tüchtig wie

kein zweiter. Am ersten Tag nach seiner Ankunft opferte er den Göttern, in deren Schutz die Fluren stehen, Demeter und Dionysos, Pan und den Nymphen, und stellte für alle Anwesenden einen gemeinsamen Mischkrug auf. An den folgenden Tagen besichtigte er Lamons Wirtschaft. Da er das Feld gut gepflügt, die Weinstöcke voller Reben, den Park schön gehalten sah – wegen der Blumen hatte Astylos die Schuld auf sich genommen –, freute er sich über die Maßen, sprach Lamon seine Anerkennung aus und versprach ihm die Freiheit. Dann begab er sich auch hinab auf die Ziegenweide, um die Tiere und ihren Hirten in Augenschein zu nehmen.

14 Chloë hatte sich in den Wald geflüchtet, da sie vor solchem Trubel Scheu und Angst empfand. Daphnis aber stand da, angetan mit einem zottigen Ziegenfell, eine neugenähte Hirtentasche über die Schultern gehängt und in beiden Händen Gaben haltend, in der einen frischgepreßte Käse, in der anderen noch saugende Zicklein. Wenn je Apollon bei Laomedon um Lohn gedient und Rinder geweidet hat, dann hat er nicht schöner ausgesehen als Daphnis jetzt. Er selbst brachte kein Wort heraus; rot übergossen, sah er zu Boden und reichte die Geschenke hin. Dafür sprach Lamon: »Das, Herr, ist der Hirt deiner Ziegen. Du hast mir fünfzig Ziegen und zwei Böcke zu weiden gegeben, er aber hat dir hundert Ziegen und zehn Böcke aufgezogen. Sieh nur, wie fett sie sind, wie wollig ihr Fell und wie unverletzt ihr Gehörn ist! Er hat sie auch musikalisch gemacht; jedenfalls lauschen sie der Syrinx und tun alles nach ihrem Klang.«

15 Kleariste, die bei diesen Worten zugegen war, wünschte das zuletzt Gesagte vorgeführt zu bekommen, befahl Daphnis, für die Ziegen, wie gewöhnlich, auf der Syrinx zu blasen, und versprach ihm, wenn er blase, ein Hemd, ein Obergewand und Schuhe zu schenken. Daphnis ließ sie wie Zuschauer im Theater Platz nehmen, trat unter seine Eiche und entnahm seiner Tasche die Syrinx. Zuerst blies er nur leise; da blieben die Ziegen stehen und hoben die Köpfe. Dann stimmte er das Weidelied an; da weideten die Ziegen, die Köpfe gesenkt. Dann blies er wieder hellere Töne, und die ganze Herde legte sich nieder. Er ließ auch ein schmetterndes Lied erschallen; da flohen die Ziegen, als nahe ein Wolf, in den Wald. Kurz danach blies er eine zurücklockende Weise; da verließen die Ziegen den Wald und versammelten sich dicht vor seinen Füßen. Nicht einmal menschliche Diener hätte man so dem Befehl ihres Herrn gehorsam gefunden! Alle Anwesenden waren erstaunt darüber, vor allem Kleariste. Sie gelobte jetzt, ihm die Geschenke bestimmt zu überreichen, da er ein so schöner und melodienreicher Ziegenhirte sei. Die Herrschaft kehrte wieder in den Hof zurück und nahm das Frühstück ein; Daphnis bekam etwas von dem, was man speiste, herausgeschickt. Er aß mit Chloë, freute sich, städtische Küche zu kosten, und hoffte zuversichtlich, die Herrschaft zu gewinnen und Chloë heiraten zu dürfen.

16 Gnathon, der durch die Vorgänge bei der Herde noch mehr in Liebe entbrannt war und meinte, das Leben sei nicht mehr lebenswert, wenn er Daphnis nicht bekomme, paßte Astylos ab, als er sich im Park

erging, zog ihn in den Dionysostempel und küßte ihm Füße und Hände. Als ihn Astylos fragte, weshalb er das tue, ihm zu reden befahl und schwor, er wolle ihm gern zu Diensten sein, sagte Gnathon: »Es ist aus mit deinem Gnathon, Herr! Habe ich bis jetzt nur deinen Tisch geliebt, habe ich bisher geschworen, daß es für mich nichts Lieblicheres gebe als alten Wein, habe ich deine Köche bis jetzt höher gepriesen, als die jungen Leute in Mytilene – jetzt halte ich nur noch Daphnis für schön. Ich rühre die köstlichsten Speisen nicht mehr an, obwohl jeden Tag soviel Fleisch, Fisch und süßes Backwerk aufgetischt wird; nur zu gern würde ich mich in eine Ziege verwandeln und fräße Gras und Blätter, wenn ich nur Daphnis' Syrinx hören und mich von ihm weiden lassen könnte. Rette du deinen Gnathon und bezwinge den unbezwinglichen Eros! Andernfalls, das schwöre ich bei dir, meinem Abgott, werde ich einen Dolch nehmen und mich vor Daphnis' Tür umbringen, nachdem ich mir den Bauch mit Essen vollgestopft habe. Du aber wirst mich dann nicht mehr dein Gnathonchen, dein Pausbäckchen nennen können, wie du es immer im Scherz zu tun pflegst.«

17 Als er so jammerte und Astylos erneut die Füße küßte, konnte sich der großmütige junge Mann, selbst nicht unerfahren in Liebeskummer, ihm nicht länger versagen; er versprach, er wolle Daphnis von seinem Vater erbitten und ihn in die Stadt mitnehmen, für sich als Sklaven, für Gnathon als Geliebten. Und um ihn aufzuheitern, fragte er ihn lächelnd, ob er sich nicht schäme, Lamons Sohn zu lieben, ja sogar darauf brenne,

mit einem jungen Burschen zu schlafen, der Ziegen weide; und dabei tat er so, als ekle er sich vor dem Bocksgestank. Gnathon jedoch, der von Schlemmergelagen her die ganze Mythologie der Liebe kannte, sprach nicht unzutreffend von sich und Daphnis: »Kein Liebender, Herr, macht sich da etwas daraus. An welchem Körper er auch immer die Schönheit entdeckt, er gibt sich ihr gefangen. Darum hat mancher einen Baum geliebt oder einen Fluß oder ein Tier. Wem täte auch nicht ein Liebhaber in der Seele leid, der den Geliebten fliehen müßte! Meine Liebe gilt zwar einem unfreien Leibe, aber einer Schönheit, die frei ist. Siehst du nicht, daß sein Haar den Hyazinthen gleicht, daß unter seinen Brauen die Augen leuchten wie in goldener Fassung ein Edelstein? Sein Antlitz erstrahlt in lieblicher Röte, sein Mund ist voller Zähne, so weiß wie Elfenbein. Wer würde nicht alles darum geben, als Liebhaber von solchem Munde süße Küsse zu bekommen! Und wenn ich zu einem Hirten in Liebe erglühte, dann tat ich es nur Göttern gleich. Anchises war Rinderhirt, und doch nahm ihn Aphrodite; Branchos weidete Ziegen, und doch liebte ihn Apollon. Ganymed war Schafhirt, und doch hat ihn Zeus geraubt. Verachten wir einen Knaben nicht, dem, wie wir sahen, auch die Ziegen gehorchten, als liebten sie ihn! Danken wir es vielmehr den Adlern des Zeus, daß sie eine solche Schönheit auf der Erde verweilen lassen!«

18 Astylos lachte herzlich, vor allem über die letzten Worte Gnathons, meinte, Eros mache doch große Sophisten aus den Menschen, und wartete auf eine

Gelegenheit, mit seinem Vater über Daphnis zu sprechen. Nun hatte Eudromos alle diese Worte heimlich mitangehört. Da er Daphnis als einen braven Jungen liebte und ärgerlich darüber war, daß eine solche Schönheit das Opfer von Gnathons Ausschweifungen werden könnte, erzählte er ihm und Lamon sofort alles. Daphnis geriet außer sich und beschloß, mit Chloë die Flucht zu wagen oder zu sterben und sie mit in den Tod zu nehmen. Lamon rief Myrtale aus dem Gehöft zu sich und sagte: »Wir sind verloren, Frau! Es ist die Zeit gekommen, da wir das Verborgene enthüllen müssen. Verloren sind dann freilich auch unsere Ziegen und alles andere; aber, bei Pan und den Nymphen, auch wenn ich, wie man so sagt, als einziger Stier im Stalle verbleiben sollte, will ich Daphnis' Schicksal doch nicht verschweigen, sondern werde sagen, daß ich ihn als Kind ausgesetzt gefunden, werde berichten, wie ich ihn da ernährt gesehen, und werde vorzeigen, was ich mit ihm ausgesetzt gefunden habe. Der Schmutzfink Gnathon soll erfahren, wen er als so erbärmlicher Wicht zu lieben wagt! Halte mir nur die Erkennungszeichen bereit!«

19 Nachdem sie das miteinander besprochen hatten, gingen sie wieder hinein. Astylos aber hatte seinen Vater aufgesucht, als er ihn unbeschäftigt fand, und bat ihn, Daphnis in die Stadt mitnehmen zu dürfen; er sei doch ein hübscher Junge, für das Land zu schade und könne rasch von Gnathon neben manchem anderen städtische Manieren lernen. Mit Freuden gewährte ihm der Vater die Bitte. Er ließ Lamon und Myrtale kommen und machte ihnen die beglückende

Eröffnung, daß Daphnis in Zukunft statt Ziegen und Böcken dem Astylos aufwarten solle, und versprach, ihnen statt des Daphnis zwei Ziegenhirten zu stellen. In diesem Augenblick – es strömte schon alles zusammen und freute sich, einen so schönen Mitsklaven zu bekommen – bat Lamon, sprechen zu dürfen und begann: »Vernimm, mein Gebieter, von einem Greise eine wahre Geschichte; ich schwöre es bei Pan und den Nymphen, daß ich nichts erlügen werde! Ich bin nicht Daphnis' Vater, und auch Myrtale war nicht das Glück vergönnt, Mutter zu werden. Andere Eltern haben ihn als Kind ausgesetzt, vielleicht, weil sie schon genug ältere Kinder hatten. Ich war es, der ihn ausgesetzt und von meiner Ziege genährt fand; diese Ziege habe ich dann auch nach ihrem Tode in meinem Hausgarten begraben, aus Liebe, weil sie Mutterpflichten erfüllt hatte. Ich fand auch Erkennungszeichen mit ihm ausgesetzt, die ihn bezeugen, o Herr, und habe sie treulich gehütet. Sie sind Zeichen eines höheren Standes als des unsrigen. Ich sehe nichts Geringes darin, wenn Daphnis Astylos' Leibeigener sein soll, ein schöner Diener eines schönen und edlen Herrn; ich kann es aber nicht mitansehen, daß er zum Opfer der Ausschweifungen Gnathons wird, der ihn mit nach Mytilene nehmen will, um ihn wie ein Weib zu gebrauchen.«

20 Nach diesen Worten schwieg Lamon und vergoß viele Tränen. Als Gnathon aufbegehrte und mit Schlägen drohte, warf ihm Dionysophanes, ganz betroffen von Lamons Aussage, einen sehr zornigen Blick zu und befahl ihm, stille zu sein. Er fragte La-

mon von neuem und drang in ihn, er solle die Wahrheit gestehen und nichts erfinden, was nach einem Märchen aussehe, um nur ja den Sohn für sich zu behalten. Als Lamon unbeirrt dabei verblieb, die Wahrheit des Gesagten bei allen Göttern beschwor und sich zur Folter erbot, wenn er in irgendeinem Punkte lüge, da überdachte Dionysophanes den Bericht mit Kleariste, die neben ihm saß. »Warum sollte Lamon eigentlich gelogen haben, wenn er doch Aussicht hatte, statt des einen Ziegenhirten zwei zu bekommen? Wie hätte auch ein Bauer das erfinden können? War es nicht von vornherein unwahrscheinlich, daß aus der Ehe eines so schlichten Alten und einer so einfältigen Frau ein so schöner Sohn hervorgegangen sein sollte?«

21 Es schien ihm angezeigt, nicht weiter bloßen Vermutungen nachzugehen, sondern endlich die Erkennungszeichen in Augenschein zu nehmen und zu prüfen, ob sie wirklich auf ein glänzendes, rühmlicheres Los hinwiesen. Myrtale entfernte sich, um alles zu holen, was in einer alten Tasche treulich aufbewahrt war. Dionysophanes besah als erster die herbeigeschafften Dinge, und als er ein purpurnes Mäntelchen, eine getriebene Spange aus Gold und einen kleinen Dolch mit einem Elfenbeingriff erblickte, schrie er: »O Herrscher Zeus!« und rief seine Frau, daß sie es auch sehe. Kaum hatte sie die Beigaben erblickt, rief auch sie: »O ihr lieben Moiren! Haben wir diese Dinge nicht zusammen mit unserem eigenen Kinde ausgesetzt? Schickten wir damals nicht Sophrosyne fort, Kind und Gaben hierher aufs Land zu bringen? Es sind wirklich unsere Beigaben, keine anderen! Lieber

Mann, das ist unser Kind. Dein Sohn ist Daphnis, und es waren die Ziegen seines Vaters, die er hütete.«

22 Während sie noch so sprach und Dionysophanes die Erkennungszeichen küßte und im Übermaß seiner Freude Tränen vergoß, warf Astylos, als er begriff, daß Daphnis sein Bruder sei, seinen Mantel weg und eilte nach dem Garten, um Daphnis als erster zu küssen. Als ihm Daphnis mit vielen anderen herzueilen sah und hörte, wie er »Daphnis!« rief, da glaubte er, Astylos komme gelaufen, um ihn zu fangen. Er warf die Hirtentasche und die Syrinx weg und eilte ans Meer, um sich von dem hohen Felsen hinabzustürzen. Und vielleicht wäre das Ungeheuerliche geschehen, daß Daphnis, eben erst wiedergefunden, verloren gewesen wäre, wenn Astylos seine Absicht nicht gemerkt und erneut gerufen hätte: »Bleib doch stehen, Daphnis, hab doch keine Angst! Ich bin dein Bruder, und deine bisherigen Herren sind deine Eltern! Eben hat uns Lamon von der Ziege erzählt und die Erkennungszeichen vorgelegt. Dreh dich doch einmal um und sieh, wie strahlend heiter sie dort nahen! Aber mich mußt du zuerst küssen! Ich schwöre bei den Nymphen, daß ich nicht lüge.«

23 Erst nach diesem Schwur blieb Daphnis stehen, erwartete den herbeieilenden Astylos und küßte ihn, als er bei ihm war. Während er ihn küßte, strömten die anderen herbei, eine Menge von Dienern und Dienerinnen. Auch der Vater kam und mit ihm die Mutter. Sie alle umarmten und küßten ihn und weinten vor Freude. Daphnis begrüßte vor allen anderen Vater und Mutter mit Zärtlichkeit, und als hätte er es längst gewußt, drückte er sie an seine Brust und wollte sich

nicht aus der Umarmung lösen; man sieht, rasch erweisen sich natürliche Bande. Fast hätte er Chloë darüber vergessen. Er ging ins Haus, legte ein kostbares Kleid an, setzte sich neben seinen wirklichen Vater und vernahm aus seinem Munde folgendes:

24 »Ich habe in sehr jungen Jahren geheiratet, liebe Kinder, und nach kurzer Zeit war ich, wie ich glaubte, ein glücklicher Vater geworden. Zuerst wurde mir ein Sohn geboren, als zweites Kind eine Tochter und als drittes Astylos. Ich war der Meinung, es sei der Nachkommen genug, und als mir nach allen dieser Sohn geboren wurde, ließ ich ihn aussetzen und gab ihm diese Gegenstände mit, nicht als Erkennungszeichen, sondern als Grabbeigaben. Aber das Schicksal wollte es anders. Mein ältester Sohn und meine Tochter starben an einer ähnlichen Krankheit am gleichen Tage; du aber wurdest mir durch göttliche Fürsorge erhalten, damit wir mehrere Stützen in unserem Alter hätten. So trage mir denn die Aussetzung nicht weiter nach – der Entschluß ist mir nicht leichtgefallen! –, und du, Astylos, gräme dich nicht, wenn du dereinst statt des ganzen Vermögens nur einen Teil empfängst – gibt es doch für die Verständigen kein wertvolleres Gut als einen Bruder! –, sondern liebt einander, und was den Reichtum anlangt, könnt ihr euch getrost selbst mit Königen messen. Denn ich werde euch viel Land hinterlassen, viele geschickte Sklaven, Gold, Silber und alles, was wohlhabende Leute sonst noch besitzen. Als besonderes Vorausvermächtnis überlasse ich Daphnis diese Flur samt Lamon und Myrtale und den Ziegen, die er selbst geweidet hat.«

25 Während er noch so sprach, sprang Daphnis auf und sagte: »Du hast mich mit Recht daran erinnert, Vater! Ich muß gehen, die Ziegen zur Tränke zu führen, die gewiß schon durstig sind und auf meine Syrinx warten, während ich hier sitze.« Alle lachten herzlich, daß er, der ein Herr geworden war, noch Ziegenhirt sein wollte. Ein anderer wurde geschickt, für die Ziegen zu sorgen, während sie dem Retter Zeus ein Opfer darbrachten und zum Mahle rüsteten. Nur Gnathon erschien nicht bei dieser Tafel; er blieb aus Angst den ganzen Tag und die ganze Nacht wie ein Schutzsuchender im Dionysostempel. Rasch drang die Kunde zu allen, daß Dionysophanes seinen Sohn wiedergefunden hätte und daß sich der Ziegenhirt Daphnis als Herr der Flur erwiesen habe, und bei Tagesanbruch strömten die Menschen von allen Seiten herbei, den jungen Mann zu beglückwünschen und seinem Vater Geschenke zu bringen; unter den ersten, die erschienen, war auch Dryas, der Pflegevater Chloës. 26 Dionysophanes behielt alle da, damit sie nach der gemeinsamen Freude auch an dem Feste teilnähmen. Da war viel Wein bereitgestellt, viel feines Mehl beschafft; da waren Wasservögel, Spanferkel und mancherlei süßes Backwerk aufgetischt, und viele Opfer wurden den Göttern des Landes dargebracht. Jetzt holte Daphnis alle seine Habseligkeiten als Hirt zusammen und verteilte sie unter die Götter als Geschenke. Dionysos weihte er die Hirtentasche und das Fell, Pan die Syrinx und die Querpfeife, den Nymphen den Hirtenstock und die selbstverfertigten Melkeimer. Und wie es so geht: das Liebvertraute ist erfreulicher

als unerwartetes Glück, und so weinte er bei jedem Stück, von dem er sich trennte. Er hängte die Milcheimer nicht mehr auf, als bis er noch einmal gemolken, das Fell nicht, ehe er es sich nicht noch einmal umgelegt hatte, die Syrinx nicht, ohne noch einmal auf ihr zu blasen. Ja, er küßte auch alle diese Dinge, redete seine Ziegen an und rief die Böcke bei ihrem Namen. Er trank auch aus der Quelle, weil er oft mit Chloë daraus getrunken hatte. Aber seine Liebe zu Chloë bekannte er noch immer nicht, sondern wartete auf eine geeignete Gelegenheit.

27 In der Zeit, da Daphnis seine Opfer darbrachte, trug sich bei Chloë folgendes zu: Sie saß weinend bei ihren Schafen und sagte – und das ist nur zu begreiflich –: »Daphnis hat mich vergessen. Er träumt von einer reichen Heirat. Warum ließ ich ihn auch statt bei den Nymphen bei den Ziegen schwören! Er hat sie verlassen wie seine Chloë. Selbst bei dem Opfer, das er den Nymphen und Pan darbrachte, hat er kein Verlangen gespürt, Chloë zu sehen. Er hat vielleicht bei seiner Mutter Mägde gefunden, die besser sind als ich. Nun, wohl ihm! Ich für mein Teil will nicht mehr weiterleben!«

28 Während sie so bei sich sprach und so bei sich dachte, überfiel sie der Rinderhirt Lampis mit einer Handvoll Bauern und entführte sie; Daphnis würde sie ja doch nicht mehr heiraten und Dryas mit ihm als Schwiegersohn ganz zufrieden sein. Chloë schrie herzbewegend, als man sie fortschleppte, und einer unter denen, die es mit angesehen hatten, hinterbrachte es Nape, diese Dryas und Dryas Daphnis. Dieser verlor

darüber fast den Verstand; da er es aber nicht wagte, mit seinem Vater zu sprechen, und sich nicht zu fassen wußte, ging er in den Garten und klagte: »Ach, wie bitter ist doch das Wiederfinden! Wieviel wohler war mir, als ich ein Hirt war! Wieviel glücklicher war ich, da ich ein Knecht war! Da sah ich Chloë, da küßte ich sie; jetzt hat Lampis sie entführt und ist mit ihr auf und davon, und wenn die Nacht hereinbricht, wird er mit ihr schlafen. Und ich trinke und schwelge und habe umsonst bei Pan, den Ziegen und den Nymphen Treue geschworen!«

29 Diese Worte Daphnis' hörte Gnathon, der sich im Garten versteckt hatte. Da er jetzt eine günstige Gelegenheit gefunden zu haben glaubte, sich mit ihm auszusöhnen, nahm er einige von Astylos' jungen Leuten mit und eilte Dryas nach. Er ließ sich von ihm den Weg zu Lampis' Gehöft zeigen, beschleunigte seine Schritte und erwischte ihn dabei, wie er Chloë gerade in seine Behausung führen wollte. Er entriß sie ihm und traf die Bauern mit wuchtigen Schlägen. Er wollte auch Lampis binden und wie einen Kriegsgefangenen hinwegführen; aber der war vorher entflohen. Nach geglückter Durchführung der schwierigen Aufgabe kehrte er mit Einbruch der Nacht wieder zurück. Dionysophanes schlief schon, als er kam, während er Daphnis wachend und noch immer weinend im Garten entdeckte. Er führte ihm Chloë zu und erzählte ihm alles, als er sie übergab. Er bat ihn, nicht weiter böse zu sein, ihn als Sklaven zu behalten, der vielleicht doch zu etwas zu gebrauchen sei, und ihn nicht von seinem Tische zu verstoßen, ohne den er

III

Hungers sterben müsse. Als Daphnis Chloë wiedersah und in seinen Armen hielt, verzieh er Gnathon, da er ihm einen wertvollen Dienst geleistet habe, und entschuldigte sich bei Chloë wegen der Vernachlässigung.
30 Die Liebenden gingen nun miteinander zu Rate und hielten es für das beste, ihre Heiratsabsichten geheimzuhalten; Daphnis sollte Chloë nur im verborgenen als die Seine ansehen und seiner Mutter seine Liebe eingestehen. Damit war aber Dryas gar nicht einverstanden; er verlangte, daß mit dem Vater gesprochen werde, und erbot sich selbst, ihn für die Heirat zu gewinnen. Tatsächlich begab er sich am folgenden Tage mit den Erkennungszeichen in der Hirtentasche zu Dionysophanes und Klearíste, die im Garten saßen – Astylos und auch Daphnis waren anwesend –, und begann, als Stille eingetreten war, so zu sprechen: »Gleiche zwingende Veranlassung, wie sie Lamon hatte, nötigt mich, das bisher gehütete Geheimnis preiszugeben. Ich habe unsere Chloë weder gezeugt noch aufgezogen. Es waren andere, die sie gezeugt haben, und es war ein Schaf, das sie aufzog, als sie in der Grotte der Nymphen lag. Ich habe das mit eigenen Augen gesehen, mit Staunen betrachtet und in solchem Erstaunen das Kind aufgezogen. Was ich sage, bezeugt schon ihre Schönheit; sie gleicht uns ja nicht im geringsten. Das bezeugen ferner die Erkennungszeichen, die für eine Hirtin viel zu kostbar sind. Nehmt sie in Augenschein und sucht nach den Angehörigen des Mädchens, daß es sich vielleicht doch eines Tages Daphnis' würdig erweise!«
31 Die letzten Worte hatte Dryas nicht ohne Absicht

fallenlassen, und auch Dionysophanes nahm sie nicht achtlos auf. Er sah zu Daphnis hin, und als er ihn erblassen und heimlich weinen sah, hatte er bald erkannt, daß sie sich liebten. Mehr um den eigenen Sohn besorgt als um ein fremdes Mädchen, prüfte er die Aussagen des Dryas in aller Gründlichkeit. Als er dann noch die Erkennungszeichen sah, die Dryas mitgebracht hatte, die mit Gold verzierten Schuhe, die Spangen und das Stirnband, ließ er Chloë herbeirufen und sprach ihr Mut zu: habe sie bereits einen Mann, so werde sie bald Vater und Mutter finden. Kleariste nahm sie in ihre Obhut und stattete sie schon als die Gattin ihres Sohnes aus. Den Daphnis nahm Dionysophanes allein beiseite und fragte ihn, ob Chloë noch Jungfrau sei. Als er schwor, daß es zwischen ihnen nichts weiter gegeben habe als Küsse und Gelöbnisse, freute sich Dionysophanes über die eidliche Versicherung und ließ die Liebenden beieinander sitzen.

32 Da konnte man sehen, wie Schönheit wirkt, wenn sich ihr Schmuck beigesellt. Als sich Chloë nämlich fein angezogen, ihr Haar aufgesteckt und das Antlitz gewaschen hatte, schien sie allen so viel schöner als vorher, daß selbst Daphnis sie kaum wiedererkannte. Man hätte auch ohne die Erkennungszeichen geschworen, daß Dryas nicht der Vater eines so schönen Mädchens gewesen sein könne. Trotzdem war er mit dabei und ließ es sich mit Nape auf dem besonderen Lager gut schmecken, auf dem Lamon und Myrtale mit ihnen schmausten. Und wieder wurden an den folgenden Tagen Opfertiere geschlachtet und Mischkrüge aufgestellt, und Chloë weihte nun auch, was sie besaß, die

Syrinx, die Hirtentasche, das Fell und die Milcheimer. Sie goß Wein in die Quelle in der Nymphengrotte, weil sie bei ihr gesäugt worden war und sich oft in ihrem Wasser gebadet hatte. Sie bekränzte den Grabhügel des Schafes, den ihr Dryas zeigte, blies der Herde selbst noch etwas vor und betete nach dem Liede zu den Göttinnen, sie möchten sie in denen, die sie ausgesetzt, Eltern finden lassen, die sie der Ehe mit Daphnis würdig machten.

33 Als nun auf dem Lande genug Feste gefeiert worden waren, beschloß man, sich in die Stadt zu begeben, nach Chloës Eltern zu forschen und ihre Heirat nicht länger aufzuschieben. Sie machten sich am frühen Morgen zur Abreise fertig, schenkten Dryas weitere dreitausend Drachmen, Lamon die Hälfte des Ertrages an Feldfrüchten und Wein aus Grund und Boden, die Ziegen samt den Hirten, vier Joch Ochsen, Winterkleidung und die Freiheit für sich und sein Weib. Danach reisten sie mit Pferd und Wagen und allen Annehmlichkeiten nach Mytilene ab. Da sie in der Nacht heimkamen, wurden sie im Augenblick von ihren Mitbürgern nicht bemerkt. Aber am nächsten Tage fand sich eine große Menge von Männern und Frauen vor ihrer Tür ein. Die Männer beglückwünschten Dionysophanes, daß er seinen Sohn wiedergefunden hatte, und das erst recht, als sie Daphnis in seiner Schönheit sahen. Die Frauen freuten sich mit Kleariste, daß sie Sohn und Schwiegertochter auf einmal habe mitbringen können. Denn Chloë bezauberte auch sie durch ihre Schönheit, neben der keine andere bestehen konnte, und die ganze Stadt befand sich wegen

des jungen Mannes und des Mädchens in froher Erregung. Man pries schon jetzt das Glück dieser Ehe und wünschte, es möchte sich die Abkunft des Mädchens als seiner Schönheit entsprechend herausstellen. Ja, viele Frauen aus sehr reichen Kreisen wünschten sehnlich, die Götter möchten *sie* als Mutter eines so schönen Mädchens erweisen.

34 Nun hatte Dionysophanes, als er nach vielem Nachdenken in tiefen Schlaf versunken war, folgenden Traum. Ihm träumte, die Nymphen bäten Eros, den beiden nun endlich die Ehe zuzugestehen. Da habe Eros den kleinen Bogen entspannt, den Köcher angelegt und Dionysophanes befohlen, alle Edlen von Mytilene zu Tisch zu laden und dann, wenn er den letzten Mischkrug gefüllt habe, jedem die Erkennungsmerkmale zu zeigen und hierauf den Hochzeitsgesang anzustimmen. Als er das im Traum gesehen und gehört hatte, sprang er in aller Frühe vom Lager auf, befahl von den Gaben des Landes und des Meeres und von dem, was Seen und Flüsse böten, ein prächtiges Mahl auszurichten, und lud alle Edlen von Mytilene dazu dazu ein. Als die Nacht bereits hereingebrochen und der letzte Mischkrug gefüllt war, aus dem man Hermes spendet, brachte ein Diener auf einer silbernen Schale die Erkennungszeichen herein, ging mit ihnen von links nach rechts um alle Teilnehmer herum und zeigte sie ihnen.

35 Keinem sonst kamen sie bekannt vor. Als aber ein gewisser Megakles sie sah, der seines hohen Alters wegen den obersten Platz an der Tafel einnahm, erkannte er sie sofort wieder und rief laut und erregt:

»Was sehe ich da? Was ist aus dir geworden, mein Töchterchen? Bist du noch am Leben, oder hat ein Hirt nur diese Beigaben gefunden und an sich genommen? Bitte, Dionysophanes, sag mir: Woher hast du die Erkennungszeichen meines Kindes? Mißgönne es mir nicht, daß auch ich etwas finde, nachdem du Daphnis gefunden hast!« Dionysophanes verlangte, daß er erst einmal von der Aussetzung berichte. Megakles begann, ohne die Kraft seiner Stimme zu verringern: »Ich hatte früher wenig zum Leben; denn was ich besaß, hatte ich für die Ausrüstung von Chören und Trieren ausgegeben. In dieser drückenden Zeit wurde mir eine Tochter geboren. Da ich sie nicht in Armut aufwachsen lassen wollte, setzte ich sie, mit diesen Erkennungszeichen versehen, aus; ich wußte daß viele Männer auch auf diese Weise zu einem Kinde zu kommen trachten. Das Mädchen war nun also in der Nymphengrotte ausgesetzt und dem Schutz der Göttinnen anvertraut; doch mir strömte Tag für Tag neuer Reichtum zu, und ich hatte keinen Erben. Ja, nicht einmal Vater einer Tochter zu werden, war mir mehr vergönnt. Statt dessen schickten mir die Götter, als wollten sie mich zum besten haben, nachts Träume und ließen mich wissen, daß mich noch einmal ein Schaf zum Vater machen werde.«

36 Da erhob Dionysophanes seine Stimme noch lauter als Megakles, sprang auf, führte die wunderschön geschmückte Chloë herein und rief: »Das ist das Kind, das du ausgesetzt hast! Dieses Mädchen hat dank der Fürsorge der Götter ein Schaf für dich aufgezogen, wie mir meine Ziege meinen Daphnis. Nimm

die Erkennungszeichen und die Tochter, nimm sie und gib sie dann Daphnis zur Braut! Wir haben die beiden ausgesetzt, die beiden wiedergefunden, und beide haben Pan, die Nymphen und Eros betreut.«
Megakles nahm seine Worte zustimmend auf, schickte nach seiner Gemahlin Rhode und barg Chloë an seiner Brust. Sie legten sich an Ort und Stelle zum Schlafe nieder; denn Daphnis schwor, er werde niemand seine Chloë überlassen, selbst dem eigenen Vater nicht.

37 Als es tagte, gingen sie auf Verabredung wieder hinaus auf das Land; Daphnis und Chloë hatten darum gebeten, da ihnen der Aufenthalt in der Stadt nicht zusagte, und auch die Eltern wünschten den beiden eine ländliche Hochzeit auszurichten. Sie begaben sich zu Lamon, stellten Dryas dem Megakles vor, machten Rhode mit Nape bekannt und bereiteten ein glänzendes Fest vor. Chloës Vater gab seiner Tochter vor den Nymphen Daphnis zu eigen und weihte außer vielen anderen Gaben den Nymphen die Erkennungszeichen. Dryas schenkte er so viel Drachmen, wie ihm an zehntausend noch fehlten.

38 Da das Wetter schön war, ließ Dionysophanes unmittelbar vor der Grotte aus grünem Laub Lagerstätten herrichten, lud die ganze Nachbarschaft ein, sich darauf niederzulassen, und bewirtete sie auf das reichlichste. Da sah man Lamon und Myrtale, Dryas und Nape, Dorkons Angehörige, Philetas mit seinen Söhnen, Chromis und Lykainion; ja, auch Lampis fehlte nicht, dem man verziehen hatte. Hier ging alles dörflich und ländlich zu, wie es bei solchen Gästen natürlich ist. Einer sang, wie die Schnitter singen, ein

anderer trug Späße vor, wie sie beim Keltern üblich sind. Philetas blies die Syrinx, Lampis die Flöte; Dryas und Lamon tanzten, Chloë und Daphnis küßten sich. Auch die Ziegen weideten in der Nähe, als wollten auch sie an dem Feste teilhaben. Die Städter hatten daran freilich nicht die rechte Freude; aber Daphnis rief einige Ziegen beim Namen, gab ihnen grünes Laub zu fressen, griff sie bei den Hörnern und küßte sie.

39 In dieser Weise führten sie nicht nur damals, sondern solange sie lebten, vorwiegend ein Hirtenleben. Sie verehrten als ihre Götter die Nymphen, Pan und Eros, sie schafften sich große Herden von Schafen und Ziegen an und fanden, Obst und Milch sei die bekömmlichste Kost. Ja, sie legten sogar einen Knaben einer Ziege an, und als sie als zweites Kind eine Tochter bekamen, ließen sie sie am Euter eines Schafes saugen. Den Knaben nannten sie Philopoimen, das Mädchen Agele. Sie schmückten die Grotte aus, stellten Statuen auf und errichteten dem Hirten Eros einen Altar. Pan gaben sie statt der Pinie einen Tempel als Wohnsitz und nannten ihn den Krieger Pan.

40 Aber diese Namengebung und die damit verbundenen Maßnahmen fielen erst in eine spätere Zeit. Damals wurden sie bei Einbruch der Nacht von allen in das Brautgemach geleitet, wobei die einen die Syrinx, andere die Flöte bliesen und wieder andere große Fackeln hochhielten, Als man sich der Türe genähert hatte, sangen sie mit rauher und spröder Stimme, als wollten sie mit dreizackigen Hacken die Erde aufreißen, nicht, als gelte es, ein Hochzeitslied zu singen. Daphnis und Chloë legten sich nackt miteinander

nieder, umschlangen und küßten sich; sie fanden in dieser Nacht so wenig Schlaf wie die Nachteulen. Daphnis tat nach dem, was ihn Lykainion gelehrt hatte, und jetzt erst erfuhr Chloë, daß das, was sie am Walde getrieben hatten, nur kindliches Hirtenspiel gewesen war.

NACHWORT
VON
ARNO MAUERSBERGER

Der Leser erwartet vom Nachwort zu einer Übersetzung, daß es ihn über Leben und Zeit des Verfassers unterrichte und das Werk in einen größeren Zusammenhang einordne. So bedauerlich es ist: in unserem Falle kann ein Nachwort dieser Aufgabe nur zum Teil gerecht werden. Longos heißt ein griechisch schreibender Redelehrer, über dessen Zeit und Leben uns nichts überliefert ist. Da unser Roman auf der ägäischen Insel Lesbos spielt und sein Verfasser mit den örtlichen Verhältnissen gut vertraut erscheint, möchte man glauben, daß er auf dieser Insel beheimatet gewesen ist. Die Zeit, in der er gelebt hat, läßt sich mit einiger Sicherheit erschließen. Die Technik, die Longos in seinem Roman anwendet, ist nach allem, was wir über die Entwicklung des antiken Liebesromans wissen, schwerlich schon im zweiten Jahrhundert u. Z., aber nicht mehr im vierten Jahrhundert denkbar; so kommen wir auf das dritte Jahrhundert, in dessen Mitte Longos gelebt haben dürfte. Es war das eine Zeit schwerster Krisen. Jahrzehnte hindurch wurde kein einziger Kaiser im römischen Gesamtreich anerkannt. Überall standen neue Kaiser und Gegenkaiser auf, und dabei hatte sich das Reich in immer zunehmendem Maße fremder Angriffe an seinen Grenzen zu erwehren. Ebenso trostlos waren die Verhältnisse im Inneren des Reiches. Zwischen den Latifundienbesitzern als den Hauptvertretern der herrschenden Klasse und den Sklaven als der Masse der Unterdrückten wurden die Zwischenschichten der freien Bevölkerung – kleinere Bauern und Handwerker – immer mehr aufgerieben. Das Kleinbauerntum starb aus. Die Kleinpächter gerieten unter der Fron des Großgrundbesitzes in eine geradezu verzweifelte Lage. Möglichkeiten, brotlos gewordene Handwerker etwa in die gewerbliche Produktion aufzunehmen, bestanden nicht, da Grundlage der Produktion die Arbeit der Sklaven war. Ein unerträglicher Steuerdruck lastete gerade auf den wirtschaftlich Schwachen. Außerdem verringerten Seuchen und erhöhte Sterblichkeit, Ehe- und Kinderlosigkeit die Bevölkerungszahl und führten vor allem zu einer Entvölkerung des flachen Landes, das auf weite Strecken brachlag; in Griechenland war mehr als die Hälfte der Felder infolge Mangels an Arbeitskräften verödet. Die starre Neuordnung der Verhältnisse unter Diokletian (284–305) hat Longos vielleicht nicht mehr erlebt. Über seine Tätigkeit sind wir durch unseren Roman etwas besser unterrichtet. Longos war Sophist und gehörte der sogenannten zweiten Sophistik an. Die erste Sophistik des fünften Jahrhunderts v. u. Z. war im Gegensatz zu der vorausgegangenen Naturphilosophie in erster Linie Kulturphilosophie, ihr Objekt der Mensch als Einzelner und als gesellschaftliches Wesen, ihre Methode empirisch-induktiv, ihr Ziel ausgesprochen praktisch: sie wollte ihren Schülern Mittel an die Hand geben, das Leben zu meistern. Wer in der Öffentlichkeit zurechtkommen wollte, brauchte mehr als die bisher im Schulunterricht gebotenen Anfangsgründe. Diese neue, umfassendere Bildung vermittelten die Sophisten, die als Wanderlehrer von Stadt zu Stadt zogen. Bei der großen Bedeutung, die das gesprochene Wort für die Griechen zu allen Zeiten gehabt hat, waren die Sophisten über die Vermittlung eines bestimmten Wissens hinaus Lehrer der Redekunst, Künstler des Stils, Begründer der Kunstprosa. Das zweite Jahrhundert u. Z. zeigt ein neues Aufblühen dieser Bildungsbewegung. Wieder ist Sophist ein Ehrentitel für Redelehrer, die der Jugend formal-rhetorische Bildung vermitteln, auf Vortragsreisen gehen und in Prunk- und Gelegenheitsreden sowie Improvisationen ihre Meisterschaft zeigen. Neben die pädagogische Tätigkeit und das persönliche Auftreten als gefeierter Meister des Wortes trat nun auch das Bestreben in stilistisch sorgsam ausgefeilten Werken etwas zu schaffen, was über den Erfolg des Augenblicks hinausging. Als einen Sophisten dieser Art wird man sich Longos vorstellen dürfen.

Wir bezeichnen die Liebesgeschichte von Daphnis und Chloë als einen Roman und verwenden dabei einen Begriff französischen Ursprungs. Ein Roman war zunächst eine – aus dem Epos entwickelte – Erzählung, die nicht in lateinischer Sprache, sondern in der romanischen Volkssprache (lingua Romana) geschrieben war. Die französische Prosabearbeitung des spanischen Ritterromans »Amadis« (1540) trägt zum ersten Male die Bezeichnung Roman. Seit der deutschen Bearbeitung des Amadisromans in den Jahren 1569–1595 gibt es auch im Deutschen den Begriff des Romans, wenn er sich auch erst in der Zeit des Dreißigjährigen Krieges bei uns eingebürgert hat. Die Antike hat den Roman als besondere literarische Gattung zunächst sowenig gekannt wie den der Novelle, aber es hat ihr natürlich an ausführlicher erzählender Prosadichtung, an Romanhaftem aller Art nicht gefehlt. Vollständige Liebesromane in unserem Sinne haben wir freilich erst aus der Kaiserzeit. Aber das wird wohl an der Dürftigkeit unserer Überlieferung liegen; mindestens für das erste Jahrhundert v. u. Z. wird man schon Liebesromane voraussetzen dürfen. Die Griechen haben sie als freie Erfindungen (plasmatikon diegema) oder als lediglich erzähltes Geschehen (dramatikon diegema) bezeichnet. Seine für unsere Kenntnis entscheidende Ausformung erhielt der antike Liebesroman in der Zeit der zweiten Sophistik, in der immer mehr novellistische und poetische Stoffe in die rhetorischen Schulübungen eindrangen. Man wendete sich sehr bald bewußt vom realen Leben ab und zeigte seine Kunst in der Erweckung von Sensationen, im grellen Ausmalen abenteuerlicher Szenen, im Schwelgen in freierfundenen Situationen. Demgegenüber ist die Handlung – bis auf den Hirtenroman des Longos – auf eine einfache Formel zu bringen: Ein liebendes Paar wird durch die Tücke des Schicksals auseinandergerissen, in viele Abenteuer verstrickt, mannigfachen Bewährungsproben unterworfen und schließlich für seine Treue durch Wiedervereinigung belohnt.

Unser Hirtenroman hebt sich aus der Zahl der uns erhaltenen und aus Bruchstücken oder Auszügen noch erkennbaren Liebesromane auch sonst deutlich heraus, obwohl wir beinahe für alles Vorstufen nachweisen, zum meisten parallele Motive aus anderen Liebesgeschichten aufzeigen können. Es handelt sich nicht um die abenteuerlichen Schicksale eines Liebespaares, das sich bereits gefunden hat, sondern um das Erwachen der Sinnlichkeit in zwei Kindern, die erst am Schluß der Geschichte vereinigt werden. Die Fülle der atemberaubenden Sensationen anderer Liebesromane fehlt hier; es handelt sich um eine – an die neue Komödie erinnernde – einfache Fabel. Eine psychologische Entwicklung im Sinne unseres modernen Romans darf man hier freilich sowenig wie in den anderen antiken Liebesromanen erwarten; es fehlt ihnen allen die psychologische Unterbauung, wie wir sie verlangen. Longos stellt sich zwar gleichsam eine psychologische Aufgabe; aber es wird keinem Leser entgangen sein, wie wenig sie ihm für unsere Begriffe geglückt ist. Völlig des Instinktes ermangelnd, zeigen Daphnis und Chloë bei frühzeitig entschiedener Leidenschaft eine Ahnungslosigkeit, die sie wirklich ungelehriger erscheinen läßt als »selbst Widder und Schafe«. Der Dichter mutet uns diese Unmöglichkeiten auch nur zu, um sie neben äußeren Hemmnissen als retardierendes Moment zu gebrauchen. Das ist zweifellos Pikanterie, Raffinement. Wenn Goethe in unserem Roman »Verstand, Kunst und Geschmack auf ihrem höchsten Gipfel« fand, dann konnte er das nur, weil er ihn in einer überarbeiteten Fassung las. Den wirklichen Longos vor dem Vorwurf einer gewissen Frivolität bewahren zu wollen, ist ein vergebliches Unterfangen. Dagegen sprechen nicht nur die handgreiflichen

Schlüpfrigkeiten der Erzählung, sondern auch die versteckten Anspielungen, die sich oft jeglicher Übertragung entziehen. Der Hirtenroman gehört – man vergleiche den Schluß des Vorwortes – zu den προτρεπτικὰ συνουσίας ἀναγνώσματα, das heißt zur Literatur, die sexuell anregen will.

Raffiniert wie die Anlage des Ganzen ist auch der Stil des Werkes, über dessen Vorstufen einiges gesagt werden muß. Um die Mitte des dritten Jahrhunderts v. u. Z. war im ionischen Kleinasien im Gegensatz zur Formenstrenge und ruhigen Gemessenheit der attischen Beredsamkeit der sogenannte asianische Redestil ausgebildet worden, der in dem Attizismus später seinen Gegenpol finden sollte; Hauptvertreter des Asianismus war Hegesias von Magnesia am Sipylos. Wir kennen diesen Stil in zwei Abarten. Neben Zeugnissen einer pathetisch-schwülstigen Diktion begegnen uns solche, bei denen die ausgewogene attische Periode in kleine zerhackte Sätzchen mit stark rhythmischem Wortfall aufgelöst ist. Dieser Asianismus ist keine Neuschöpfung gewesen, sondern steht mit der Kunstprosa der ersten Sophistik in engem Zusammenhang – einer ihrer Hauptvertreter war der Ionier Gorgias aus Sizilien –, und wie die zweite Sophistik in der Sache die erste wiederaufleben läßt, so haben im Stilistischen viele ihrer Vertreter aus Wahlverwandtschaft die Tradition des Asianismus übernommen und weitergeführt, während andere eine zwischen dem Asianismus und dem Attizismus vermittelnde Stellung einnehmen. Longos folgt der zweiten der genannten Abarten des asianischen Stils. Sie kam ihm bei der Art seines Themas besonders zustatten; eignete sie sich doch vorzüglich zur Schlichtheit des Märchenstils und der Süßigkeit seines Gegenstandes. Die Sätze sind kurz, häufig unverbunden nebeneinandergestellt und sollen den Eindruck lieblicher Simplizität erwecken. Daß dies bewußte Kunst ist, zeigen die ergänzend angewandten Stilmittel des Gleichmaßes und Gleichklanges, die Rhythmisierung in leidenschaftlich bewegten Szenen und ausmalenden Beschreibungen, die Verwendung veralteter und dichterischer Worte. Es soll dem Leser alles lieblich eingehen, Schlichtheit und Süße atmen. Sowenig daran zu zweifeln ist, daß dies alles sorgsam berechnet ist, so sehr muß um der Gerechtigkeit willen festgestellt werden, daß Longos sein Handwerk virtuos beherrscht und die künstlich angenommene Naivität der echten mit erstaunlichem Geschick nachgebildet hat. Das gilt nicht nur von den sprachlichen Mitteln. Wenn man von den grellen Eindeutigkeiten absieht, die wohl als Requisit des Liebesromanes angesehen wurden, hat es Longos auch in der gesamten Atmosphäre zu einer gewissen Stileinheit gebracht. Die Lebensverhältnisse, die er zugrunde legt, sind die eines unsentimentalen Idylls, nicht Widerspiegelung der Wirklichkeit. Zwischen dem reichen Herrn und dem unfreien Diener herrscht ein patriarchalisches Verhältnis, dem vergleichbar, das zwischen einem Bauern und einem Knecht besteht, dessen Vorfahren bereits dem Hause gedient haben. Wenn auch viel von »Hirten aller Art, Feldarbeitenden, Gärtnern und Winzern« (Goethe) erzählt wird, so ist ihr Tun doch nie als harte Arbeit geschildert, sondern

als eine Beschäftigung, die sich in die sie umgebende Natur einfügt, die für Longos wie für den antiken Menschen immer irgendwie vom Menschen gebildete Natur ist, in der er lebt und webt. Stimmungsvolle Zartheit, wie sie über den tief empfundenen Bildern von Landschaften und Jahreszeiten liegt, bezaubert wie Kunst, die selbst zur Natur geworden ist. Selbst die Götter helfen in freundlichem Einklange mit, alles zum guten Ende zu führen. So ist – aufs Ganze gesehen – eine, wenn auch nicht vollkommene, Stileinheit erreicht, die des Idylls, einer absichtslosen, rein poetischen Welt, die Einfachheit und Lieblichkeit auszuströmen vermag, wie es dem sprachlichen Ausdruck aufgegeben war. In diesem Sinne darf man Longos als den liebenswürdigsten der antiken Erotiker bezeichnen. Freilich hängt mit dem Charakter des Zuständlichen, der dem Idyll eigen ist, die erwähnte Schwäche im Psychologischen und die Lebensferne eng zusammen.
Daß das Werk erhalten geblieben ist, darf man als – allerdings nur relatives – Zeugnis für die Verbreitung und Wertschätzung bei dem antiken Publikum ansehen. Wenn man erfährt, daß bei den öffentlichen Vorträgen gefeierter Redner und Sophisten in den Städten des Reiches großer Andrang herrschte, dann müssen sich an ihren Leistungen auch breitere Schichten erfreut haben. Dafür spricht allein schon die bei den Griechen aller Zeiten zu beobachtende Freude an virtuoser Sprachgestaltung, das fein entwickelte Gehör. Daß insbesondere die antiken Liebesromane eine ziemliche Breitenwirkung gehabt haben müssen – aus

dem Gegenstand allein schon verständlich –, ersieht man auch daraus, daß sich das Christentum dieser Literaturform bedient hat, so wie auch bei uns die Schäferpoesie auf die geistliche Dichtung übertragen wurde. Wenn man die Romane als »Unterhaltungsliteratur« bezeichnet, darf man nicht vergessen, daß sie nicht nur einem sachlichen Interesse begegneten, sondern zugleich ein ästhetisches Bedürfnis befriedigten, das wir für weitere Kreise voraussetzen dürfen. Daß man gern zu einer Liebesgeschichte griff, die in einer poetisch verklärten Welt spielte, dürfte auch Flucht vor einer Wirklichkeit gewesen sein, die zur Idylle in scharfem Gegensatze stand. Wie es in Hellas auf dem flachen Lande wirklich aussah, zeigt uns die schlichte Erzählung vom Jäger des Dion Chrysostomos, die uns das Absterben der Zivilisation und die freudlose Geschäftigkeit des Stadtlebens des ersten Jahrhunderts u. Z. zeigt.

Es kann nicht allein mit antiquarischem oder künstlerischem Interesse begründet werden, daß der Hirtenroman des Longos in einer neuen, vollständigen Übersetzung vorgelegt wird, so gewiß er ein kulturhistorisches Dokument von hohem Range ist. Mit den Verfassern anderer Liebesromane verglichen, spricht uns Longos – allen Vorbehalten zum Trotz – dadurch besonders an, daß er die *erwachende* Liebe darstellt und damit gleichsam ein psychologisches Problem behandelt. Wenn es uns auch bei der Andersartigkeit unseres Idioms nur zum Teil gelingt, das Musikalische seiner Sprache nachzuempfinden, so geht doch vieles von ihrem stimmungshaften Zauber unmerklich in uns ein.

Und was man an allzu Deutlichem zu beanstanden fand, mag als heidnische Sinnenfreude verstanden werden, die noch keine Askese des Fleisches kannte. Den unverkürzten Longos verdanken wir erst dem Franzosen Courier, der 1810 in Florenz eine lückenlose Handschrift entdeckte. Noch vor der Erstausgabe von Colombani im Jahre 1598 hatte der Franzose Amyot 1559 den Roman auf Grund lückenhafter Handschriften übersetzt. Der vorliegenden Übertragung liegt der Text von Rudolf Hercher (Erotici scriptores Graeci 1, 241–326) zugrunde; sie ist ein Versuch, mit den Mitteln unserer Sprache einen gewissen Eindruck von einem Werk zu vermitteln, das Erzeugnis einer fast unnachahmlichen virtuosen Kunst ist, sosehr es Natur zu sein vorgibt.

ERLÄUTERUNGEN

Anchises: in der griech. Sage Herrscher der Stadt Dardanos in der Landschaft Troas in Nordwestkleinasien, Geliebter der Aphrodite.

Ariadne: in der griech. Sage kret. Königstochter, die dem athen. Nationalhelden Theseus bei der Tötung des menschenfressenden Ungeheuers Minotauros half, nach der gemeinsamen Flucht aber von ihm auf der Insel Naxos im Schlaf verlassen wurde; Dionysos nahm sie zur Gemahlin.

Bakchantin: Verehrerin des Bakchos (Dionysos); suchte in tierischer Verkleidung durch orgiastische Tänze in Ekstase zu geraten und »des Gottes voll« zu werden.

Branchos: in der griech. Sage Stammvater des miles. Priestergeschlechts der Branchiden; Apollon verlieh ihm die Sehergabe.

Daphnis: in der griech. Sage schöner Rinderhirt auf Sizilien, der als Erfinder des Hirtengesanges galt.

Demeter: griech. Göttin der Fruchtbarkeit und des Ackerbaus.

Dionysos: griech. Gott der Fruchtbarkeit, besonders des Weines.

Drachme: griech. Silbermünze von zeitlich und landschaftlich unterschiedlichem Wert.

Dryade: Baumnymphe.

Echo: Nymphe, die nach einer Version der griech. Sage Pan von wahnsinnigen Hirten zerreißen ließ, weil sie seine Liebe nicht erwiderte; ihre Stimme blieb als Echo erhalten.

epimelische Nymphen: Schutznymphen der Herden.

Ganymed: schöner Jüngling der griech. Sage, den Zeus durch einen Adler rauben ließ und zum Mundschenk der Göttertafel und zu seinem Geliebten machte.

Hermes: griech. Gott der Wege und der Herden, Schutzherr der Wanderer, Kaufleute und Diebe; am Ende eines Gastmahls brachte man ihm ein Trankopfer dar.

Horen: griech. Göttinnen der Jahreszeiten.

Inder: Nach der griech. Sage unternahm Dionysos, er selbst auf einem mit Panthern bespannten Wagen, einen siegreichen Kriegszug nach Indien.

Itysklage: in der griech. Sage die Klage der in eine Nachtigall verwandelten Prokne, der Gemahlin des thrak. Königs Tereus, um ihren Sohn Itys, den sie umbrachte und ihrem Mann aus Rache, weil er ihre Schwester Philomena verführt und ihr die Zunge herausgeschnitten hatte, gekocht vorsetzte; als Tereus die beiden fliehenden Schwestern einholte, wurden alle drei in Vögel verwandelt.

Karien: Bergland in Südwestkleinasien, nach lyd. und pers. Herrschaft 334/33 von Alexander d. Gr. unterworfen, seit 129 v. u. Z. Teil der röm. Provinz Asia.

Kithara: griech. Saiteninstrument von 5 Saiten im 8. Jh. v. u. Z. bis 12 Saiten im 5. Jh. v. u. Z., mit einem Schlagholz geschlagen.

Kronos: oberster der Titanen, des zweiten Göttergeschlechts in der griech. Mythologie; von seinem Sohn Zeus gestürzt.

Laomedon: in der griech. Sage König von Troja; nach Homer (»Ilias« 21, 441/457) mußte ihm Apollon im Auftrag des Zeus ein Jahr lang Rinder für Lohn weiden, der ihm dann vorenthalten wurde.

Lesbos: griech. Insel vor der Westküste Kleinasiens.

Lykurgos: in der griech. Sage König in Thrakien, Gegner des Dionysos, der von diesem in einer Schlacht gefangengenommen und von Zeus geblendet wurde.

Lyra: griech. harfenartiges Zupfinstrument.

Marsyas: Satyr, Meister im Flötenspiel, der Apollon zu einem musikalischen Wettstreit herausforderte und unterlag; der Sieger hängte ihn an einem Baum auf und zog ihm die Haut ab.

Methymna: Stadt an der Nordküste von Lesbos.

Moiren: griech. Schicksalsgöttinnen.

Mytilene: Stadt an der Ostküste von Lesbos.

Obolos: kleinste griech. Münze, $1/6$ der Drachme.

Pan: griech. Gott der Hirten und des Kleinviehs, Erfinder der Syrinx, rief den »panischen Schrecken« hervor; in der Kunst mit Bocksbeinen und Hörnern dargestellt.

Parasit: Kostgänger vornehmer Herren, stehende Figur der neuen Komödie.

Paris: in der griech. Sage trojan. Prinz, der ausgesetzt wurde und die Schafe hütete; als Schiedsrichter im Streit der Göttinnen Hera, Athena und Aphrodite um die Schönheit sprach er den von der Zwietrachtsgöttin Eris zum Siegespreis bestimmten goldenen Apfel Aphrodite zu.

Pentheus: in der griech. Sage König von Theben, der sich der Einführung des Dionysos-Kultes widersetzte; er wurde von den Bakchantinnen, darunter der eigenen Mutter, zerrissen, als er ihrer für Männer verbotenen Feier heimlich zusah.

Pitys: in der griech. Sage Nymphe der Pinien; von Pan begehrt, floh sie und wurde in einen Baum ihres Namens verwandelt.

Plethron: griech. Längenmaß, etwa 30 m, $^1/_6$ des Stadions.

Satyr: griech. Naturgottheit im Gefolge des Dionysos, meist in der Mehrzahl auftretende übermütige Wesen mit Pferde- oder Bocksohren und -füßen.

Semele: in der griech. Sage theban. Prinzessin; durch Zeus Mutter des Dionysos.

Skythen: Nomaden (7.–3. Jh.) nördlich des Schwarzen Meeres.

Sophist: spitzfindiger Mensch.

Stadion: griech. Längenmaß, etwa 190 m.

Syrinx (Mehrzahl: Syringen): griech. Blasinstrument aus 5, 7 oder 9 verschieden langen Pfeifen.

Triere: Schiff mit je drei Ruderern auf jeder Ruderbank.

Tyros: alte phönik. Hafenstadt, 75 km südwestlich des heutigen Beirut.

Tyrrhener: griech. Name für Etrusker; nach der griech. Sage fesselten tyrrhen. Seeräuber Dionysos als vermeintlichen Königssohn, doch der Gott verwandelte sich in einen Löwen und warf seine Fesseln ab, woraufhin die Seeräuber aus Angst über Bord sprangen und zu Delphinen wurden.

Insel taschenbücher
Alphabetisches Verzeichnis

Die Abenteuer Onkel Lubins 254
Adrion: Mein altes Zauberbuch 421
Adrion: Die Memoiren des Robert Houdin 506
Aladin und die Wunderlampe 199
Ali Baba und die vierzig Räuber 163
Allerleirauh 115
Alte und neue Lieder 59
Alt-Kräuterbüchlein 456
Andersen: Märchen (3 Bände in Kassette) 133
Andersen: Märchen meines Lebens 356
Andreas-Salomé, Lou: Lebensrückblick 54
Apulejus: Der goldene Esel 146
Arnim, Bettina von: Armenbuch 541
Arnim/Brentano: Des Knaben Wunderhorn 85
Arnold: Das Steuermännlein 105
Artmann: Christopher und Peregrin 488
Aus der Traumküche des Windsor McCay 193
Austen: Emma 511
Balzac: Beamte, Schulden, elegantes Leben 346
Balzac: Die Frau von dreißig Jahren 460
Balzac: Das Mädchen mit den Goldaugen 60
Baudelaire: Blumen des Bösen 120
Bayley: Reise der beiden Tiger 493
Bayley: 77 Tiere und ein Ochse 451
Beaumarchais: Figaros Hochzeit 228
Bédier: Der Roman von Tristan und Isolde 387
Beecher-Stowe: Onkel Toms Hütte 272
Beisner: Adreßbuch 294
Benjamin: Aussichten 256
Berg: Leben und Werk im Bild 194
Berthel: Die großen Detektive Bd. 1 101
Berthel: Die großen Detektive Bd. 2 368
Bertuch: Bilder aus fremden Ländern 244
Bierbaum: Zäpfelkerns Abenteuer 243
Bierce: Mein Lieblingsmord 39
Bierce: Wörterbuch des Teufels 440
Bilibin: Märchen vom Herrlichen Falken 487
Bilibin: Wassilissa 451
Bin Gorion: Born Judas 533
Blake: Lieder der Unschuld 116
Die Blümlein des heiligen Franziskus 48
Boccaccio: Das Dekameron (2 Bände) 7/8
Böcklin: Leben und Werk 284
Borchers: Das Adventbuch 449
Bote: Eulenspiegel 336
Brandys: Walewska, Napoleons große Liebe 24
Brecht: Leben und Werk 406
Brentano: Fanferlieschen 341
Brentano: Gockel Hinkel Gackeleia 47
Brillat-Savarin: Physiologie des guten Geschmacks 423
Brontë: Die Sturmhöhe 141
Bruno: Das Aschermittwochsmahl 548
Das Buch der Liebe 82
Das Buch vom Tee 412
Büchner: Der Hessische Landbote 51
Bürger: Münchhausen 207
Busch: Kritisch-Allzukritisches 52
Campe: Bilder Abeze 135
Carossa: Kindheit 295
Carossa: Leben und Werk 348
Carossa: Verwandlungen 296
Carroll: Alice hinter den Spiegeln 97
Carroll: Alice im Wunderland 42
Carroll: Briefe an kleine Mädchen 172
Carroll: Geschichten mit Knoten 302
Caspari: Die Sommerreise 416
Caspari: Wenn's regnet 494
Cervantes: Don Quixote (3 Bände) 109

Chamisso: Peter Schlemihl 27
Chateaubriand: Das Leben des Abbé de Rancé 240
Chinesische Liebesgedichte 442
Chinesische Volkserzählungen 522
Claudius: Wandsbecker Bote 130
Cocteau: Colette 306
Cooper: Lederstrumpferzählungen (5 Bände) 179–183
Cooper: Talleyrand 397
Cortez: Die Eroberung Mexikos 393
Dante: Die Göttliche Komödie (2 Bände) 94
Daudet: Briefe aus meiner Mühle 446
Daudet: Tartarin von Tarascon 84
Daumier: Macaire 249
Defoe: Robinson Crusoe 41
Denkspiele 76
Deutsche Heldensagen 345
Deutsche Volksbücher (3 Bände) 380
Dickens: David Copperfield 468
Dickens: Oliver Twist 242
Dickens: Weihnachtserzählungen 358
Diderot: Erzählungen und Dialoge 554
Diderot: Die Nonne 31
Dostojewski: Der Spieler 515
Droste-Hülshoff: Die Judenbuche 399
Dumas: Der Graf von Monte Christo (2 Bände) 266
Dumas: König Nußknacker 291
Eastman: Ohijesa 519
Eichendorff: Aus dem Leben eines Taugenichts 202
Eichendorff: Gedichte 255
Eisherz und Edeljaspis 123
Enzensberger: Edward Lears kompletter Nonsens I 480
Enzensberger: Edward Lears kompletter Nonsens II 502
Ernst, Paul: Der Mann mit dem tötenden Blick 434
Die Erzählungen aus den Tausendundein Nächten (12 Bände in Kassette) 224
Fabeln und Lieder der Aufklärung 208
Fabre: Das offenbare Geheimnis 269

Der Familienschatz 34
Feuerbach: Merkwürdige Verbrechen 512
Ein Fisch mit Namen Fasch 222
Flach: Minestra 552
Flaubert: Bouvard und Pécuchet 373
Flaubert: Lehrjahre des Gefühls 276
Flaubert: Madame Bovary 167
Flaubert: November 411
Flaubert: Salammbô 342
Flaubert: Die Versuchung des heiligen Antonius 432
Fontane: Effi Briest 138
Fontane: Der Stechlin 152
Fontane: Unwiederbringlich 286
le Fort. Leben und Werk im Bild 195
France: Blaubarts Frauen 510
Frank: Das kalte Herz 330
Friedrich, C. D.: Auge und Landschaft 62
Gackenbach: Betti sei lieb 491
Gasser: Kräutergarten 377
Gasser: Spaziergang durch Italiens Küchen 391
Gasser: Tante Melanie 192
Gassers Köchel-Verzeichnis 96
Gebete der Menschheit 238
Das Geburtstagsbuch 155
Gernhardt, R. u. A.: Was für ein Tag 544
Gerstäcker: Die Flußpiraten des Mississippi 435
Geschichten der Liebe aus 1001 Nächten 38
Gesta Romanorum 315
Goessmann: Die Kunst Blumen zu stecken 498
Goethe: Dichtung und Wahrheit (3 Bände) 149–151
Goethe: Die erste Schweizer Reise 300
Goethe: Faust (1. Teil) 50
Goethe: Faust (2. Teil) 100
Goethe: Gedichte in zeitlicher Folge (2 Bände) 350
Goethe: Gespräche mit Eckermann (2 Bände) 500
Goethe: Hermann und Dorothea 225
Goethe: Italienische Reise 175
Goethe: Das Leben des Benvenuto Cellini 525

Goethe: Die Leiden des jungen Werther 25
Goethe: Liebesgedichte 275
Goethe: Maximen und Reflexionen 200
Goethe: Novellen 425
Goethe: Reineke Fuchs 125
Goethe/Schiller: Briefwechsel (2 Bände) 250
Goethe: Tagebuch der italienischen Reise 176
Goethe: Trostbüchlein 400
Goethe: Über die Deutschen 325
Goethe: Wahlverwandtschaften 1
Goethe: West-östlicher Divan 75
Goethe: Wilhelm Meisters Lehrjahre 475
Goethes letzte Schweizer Reise 375
Gogh: Briefe 177
Gogol: Der Mantel 241
Gontscharow: Oblomow 472
Grandville: Beseelte Blumen 524
Grandville: Staats- und Familienleben der Tiere (2 Bände) 214
Greenaway: Butterblumengarten 384
Greenaway: Mutter Gans 28
Grimmelshausen: Courasche 211
Grimms Märchen (3 Bände) 112/113/114
Grimm, Gebr.: Deutsche Sagen 481
Günther: Ein Mann wie Lessing täte uns not 537
Gundert: Marie Hesse 261
Gundlach: Der andere Strindberg 229
Hauff-Märchen (2 Bände) 216/217
Hawthorne: Der scharlachrote Buchstabe 436
Hebel: Bildergeschichte vom Zundelfrieder 271
Hebel: Kalendergeschichten 17
Heine: Memoiren des Herren von Schnabelewopski 189
Heine: Buch der Lieder 33
Heine: Reisebilder 444
Heine: Romanzero 538
Heine: Shakespeares Mädchen 331
Helwig: Capri, Magische Insel 390
Heras: Am Anfang war das Huhn 185
Heseler: Ich schenk' Dir was 556

Hesse: Dank an Goethe 129
Hesse: Geschichten aus dem Mittelalter 161
Hesse: Hermann Lauscher 206
Hesse: Kindheit des Zauberers 67
Hesse: Knulp 394
Hesse: Leben und Werk im Bild 36
Hesse: Magie der Farben 482
Hesse: Meisterbuch 310
Hesse: Piktors Verwandlungen 122
Hesse: Schmetterlinge 385
Hesse/Schmögner: Die Stadt 236
Hesse/Weiss: Der verbannte Ehemann 260
Hesse, Ninon: Der Teufel ist los 427
Hexenzauber 402
Hildesheimer: Waschbären 415
Hillmann: ABC-Geschichten 99
Hoban: Der Mausevater und sein Sohn 453
Hölderlin-Chronik 83
Hölderlin: Dokumente seines Lebens 221
Hölderlin: Hyperion 365
Höderlins Diotima Susette Gontard 447
Hofer. Leben und Werk in Daten und Bildern 363
E. T. A. Hoffmann: Elixiere des Teufels 304
E. T. A. Hoffmann: Das Fräulein von Scuderi 410
E. T. A. Hoffmann: Der goldne Topf 570
E. T. A. Hoffmann: Kater Murr 168
E. T. A. Hoffmann: Meister Floh 503
E. T. A. Hoffmann: Prinzessin Brambilla 418
E. T. A. Hoffmann: Der unheimliche Gast 245
Homer: Ilias 153
Horváth. Leben und Werk 237
Huch, Ricarda: Der Dreißigjährige Krieg (2 Bände) 22/23
Hugo: Notre-Dame von Paris 298
Ibsen: Nora 323
Idyllen der Deutschen 551
Indische Liebeslyrik 431
Jacobsen: Die Pest in Bergamo 265
Jacobsen: Niels Lyhne 44
Jan: Dschingis-Khan 461

Jan: Batu-Khan 462
Jan: Zum letzten Meer 463
Jerschow: Das Wunderpferdchen 490
Kästner: Griechische Inseln 118
Kästner: Kreta 117
Kästner: Leben und Werk 386
Kästner: Die Lerchenschule 57
Kästner: Ölberge, Weinberge 55
Kästner: Die Stundentrommel vom heiligen Berg Athos 56
Kant-Brevier 61
Kaschnitz: Courbet 327
Kaschnitz: Eisbären 4
Kasperletheater für Erwachsene 339
Keller: Der grüne Heinrich (2 Bände) 335
Keller: Hadlaub 499
Keller: Züricher Novellen 201
Kerner: Bilderbuch aus meiner Knabenzeit 338
Kin Ping Meh 253
Kinderheimat 111
Kleist: Erzählungen 247
Kleist: Geschichte meiner Seele 281
Kleist. Leben und Werk 371
Kleist: Die Marquise von O. 299
Kleist: Der zerbrochene Krug 171
Klingemann: Nachtwachen von Bonaventura 89
Klinger. Leben und Werk in Daten und Bildern 204
Knigge: Über den Umgang mit Menschen 273
Kolumbus: Bordbuch 476
Konfuzius: Materialien einer Jahrhundert-Debatte 87
Konfuzius und der Räuber Zhi 278
Kühn: Geisterhand 382
Kühn: Ich Wolkenstein 497
Laclos: Schlimme Liebschaften 12
Lamb: Shakespeare Novellen 268
Das große Lalula 91
Leopardi: Ausgewählte Werke 104
Lesage: Der hinkende Teufel 337
Leskow: Der Weg aus dem Dunkel 422
Lévi-Strauss: Weg der Masken 288
Liebe Mutter 230
Lieber Vater 231
Lichtenberg: Aphorismen 165

Linné: Lappländische Reise 102
Lobel: Die Geschichte vom Jungen 312
Lobel: Maus im Suppentopf 383
Lobel: König Hahn 279
Lobel: Mäusegeschichten 173
Löffler: Sneewittchen 489
Der Löwe und die Maus 187
London, europäische Metropole 322
London, Jack: Ruf der Wildnis 352
London, Jack: Die Goldschlucht 407
Longus: Daphnis und Chloe 136
Lorca: Die dramatischen Dichtungen 3
Märchen der Romantik (2 Bde.) 285
Märchen deutscher Dichter 13
Im Magischen Spiegel I 347
Majakowski: Werke I 16
Majakowski: Werke II 53
Majakowski: Werke III 79
Malory: König Artus (3 Bände) 239
Mandry: Katz und Maus 492
Marc Aurel: Wege zu sich selbst 190
Maupassant: Bel-Ami 280
Maupassant: Das Haus Tellier 248
Maupassant: Mont-Oriol 473
Maupassant: Pariser Abenteuer 106
Maupassant: Unser einsames Herz 357
McKee: Zwei Admirale 417
Meinhold: Bernsteinhexe 329
Melville: Moby Dick 233
Mercier: Mein Bild von Paris 374
Mérimée: Carmen 361
Mérimée: Die Venus von Ille 501
Merkprosa 283
Meyer, C. F.: Novellen 470
Michelangelo: Zeichnungen und Dichtungen 147
Michelangelo. Leben und Werk 148
Minnesinger 88
Mirabeau: Der gelüftete Vorhang 32
Mörike: Alte unnennbare Tage 246
Mörike: Die Historie von der schönen Lau 72
Mörike: Maler Nolten 404
Mörike: Mozart auf der Reise nach Prag 376
Molière: Der Menschenfeind 401
Montaigne: Essays 220
Mordillo: Das Giraffenbuch 37

Mordillo: Das Giraffenbuch II 71
Mordillo: Träumereien 108
Morgenländische Erzählungen 409
Morgenstern: Alle Galgenlieder 6
Morier: Die Abenteuer des Hadji Baba 523
Das Moritatenbuch 559
Moritz: Anton Reiser 433
Moritz: Götterlehre 419
Moskau 467
Motte-Fouqué: Undine 311
Mozart: Briefe 128
Musäus: Rübezahl 73
Die Nase: 549
Nestroy: Stich- und Schlagworte 270
Die Nibelungen 14
Nietzsche: Ecce Homo 290
Nietzsche: Unzeitgemäße Betrachtungen 509
Nietzsche: Zarathustra 145
Novalis. Dokumente seines Lebens 178
Okakura: Das Buch vom Tee 412
Orbeliani: Die Weisheit der Lüge 81
Orbis Pictus 9
Oskis Erfindungen 227
Ovid: Ars Amatoria 164
Das Papageienbuch 424
Paris 389
Pascal: Größe und Elend des Menschen 441
Paul: Der ewige Frühling 262
Paul: Feldprediger Schmelzle 505
Paul: Des Luftschiffers Gianozzo Seebuch 144
Petrarca: Dichtungen, Briefe, Schriften 486
Petronius: Satiricon 169
Petzet: Das Bildnis des Dichters Rilke, Becker-Modersohn 198
Phaïcon I 69
Phaïcon II 154
Platon: Phaidon 379
Platon: Theaitet 289
Pocci: Kindereien 215
Poe: Grube und Pendel 362
Polaris III 134
Pöppig: In der Nähe des ewigen Schnees 166
Poesie-Album 414
Polnische Volkskunst 448

Potocki: Die Handschrift von Saragossa (2 Bände) 139
Praetorius: Hexen-, Zauber- und Spukgeschichten aus dem Blocksberg 402
Prévost: Manon Lescaut 518
Quevedo: Der abenteuerliche Buscon 459
Quincey: Der Mord als eine schöne Kunst betrachtet 258
Raabe: Die Chronik der Sperlingsgasse 370
Raabe: Gänse von Bützow 388
Rabelais: Gargantua und Pantagruel (2 Bände) 77
Rache des jungen Meh 353
Die Räuber vom Liang Schan Moor (2 Bände) 191
Reden und Gleichnisse des Tschuang Tse 205
Richter: Familienschatz 34
Richter: Lebenserinnerungen 464
Rilke: Ausgesetzt auf den Bergen des Herzens 98
Rilke: Das Buch der Bilder 26
Rilke: Die drei Liebenden 355
Rilke: Duineser Elegien/Sonette an Orpheus 80
Rilke: Geschichten vom lieben Gott 43
Rilke: Neue Gedichte 49
Rilke: Späte Erzählungen 340
Rilke: Das Stunden-Buch 2
Rilke: Wladimir, der Wolkenmaler 68
Rilke: Zwei Prager Geschichten 235
Rilke. Leben und Werk im Bild 35
Robinson: Onkel Lubin 254
Römische Sagen 466
Rotterdam: Lob der Torheit 369
Rousseau: Königin Grille 332
Rousseau: Zehn Botanische Lehrbriefe für Frauenzimmer 366
Rumohr: Geist der Kochkunst 326
Runge. Leben und Werk im Bild 316
Sacher-Masoch: Venus im Pelz 469
Der Sachsenspiegel 218
Sagen der Juden 420
Sand: Geschichte meines Lebens 313
Sappho: Liebeslieder 309
Schadewaldt: Sternsagen 234

Scheerbart: Rakkóx der Billionär 196
Schiller: Der Geisterseher 212
Schiller. Leben und Werk 226
Schiller/Goethe: Briefwechsel
  (2 Bände) 250
Schlote: Das Elefantenbuch 78
Schlote: Fenstergeschichten 103
Schlote: Geschichte vom offenen
  Fenster 287
Schmögner: Das Drachenbuch 10
Schmögner: Ein Gruß an Dich 232
Schmögner: Das unendliche Buch
  40
Schneider. Leben und Werk 318
Schopenhauer: Aphorismen zur
  Lebensweisheit 223
Schumacher: Ein Gang durch den
  Grünen Heinrich 184
Schwab: Sagen des klassischen
  Altertums (3 Bände) 127
Scott: Im Auftrag des Königs 188
Sealsfield: Kajütenbuch 392
Sévigné: Briefe 395
Shakespeare: Hamlet 364
Shakespeare: Sonette 132
Shaw-Brevier 159
Sindbad der Seefahrer 90
Skaldensagas 576
Sonne, Mond und Sterne 170
Sophokles: Antigone 70
Sophokles: König Ödipus 15
Spyri: Heidi 351
Stendhal: Die Kartause von Parma
  307
Stendhal: Rot und Schwarz 213
Stendhal: Über die Liebe 124
Sternberger: Über Jugendstil 274
Sterne: Yoricks Reise 277
Stevenson: Entführt 321
Stevenson: Dr. Jekyll und Mr. Hyde
  572
Stevenson: Die Schatzinsel 65
Stifter: Bergkristall 438
Storm: Am Kamin 143
Storm: Der Schimmelreiter 305
Strindberg: Ein Puppenheim 282
Der andere Strindberg 229
Swift: Ein bescheidener Vorschlag
  131
Swift: Gullivers Reisen 58
Tacitus: Germania 471

Taschenspielerkunst 424
Thackeray: Das Buch der Snobs 372
Thackeray: Jahrmarkt der Eitelkeit
  (2 Bände) 485
Tillier: Mein Onkel Benjamin 219
Timmermanns: Dämmerungen des
  Todes 297
Toepffer: Komische Bilderromane
  (2 Bände) 137
Tolstoj: Anna Karenina (2 Bde.) 308
Tolstoj: Der Überfall 367
Tolstoj: Die großen Erzählungen 18
Tolstoj: Kindheit, Knabenalter, Jüng-
  lingsjahre 203
Traum der roten Kammer 292
Traxler: Es war einmal ein Mann 454
Tschechow: Die Dame mit dem
  Hündchen 174
Tschechow: Der Fehltritt 396
Tschuang-Tse: Reden und Gleich-
  nisse 205
Turgenjew: Erste Liebe 257
Turgenjew: Väter und Söhne 64
Der Turm der fegenden Wolken 162
Twain: Der gestohlene weiße Elefant
  403
Twain: Huckleberry Finns Abenteuer
  126
Twain: Leben auf dem Mississippi
  252
Twain: Tom Sawyers Abenteuer 93
Urgroßmutters Kochbuch 457
Varvasovszky: Schneebärenbuch
  381
Voltaire: Candide 11
Voltaire: Karl XII. 317
Voltaire. Leben und Werk 324
Voltaire: Sämtliche Romane und Er-
  zählungen (2 Bände) 209/210
Voltaire: Zadig 121
Vom Essen und Trinken 293
Vortriede: Bettina von Arnims
  Armenbuch 541
Vulpius: Rinaldo Rinaldini 426
Wagner: Ausgewählte Schriften 66
Wagner, Leben und Werk 334
Wagner: Lohengrin 445
Wagner: Tannhäuser 378
Walser, Robert: Fritz Kochers Auf-
  sätze 63
Walser, Robert. Leben und Werk 264

Walser, Robert: Liebesgeschichten 263
Das Weihnachtsbuch 46
Das Weihnachtsbuch der Lieder 157
Das Weihnachtsbuch für Kinder 156
Weng Kang: Die schwarze Reiterin 474
Wie man lebt und denkt 333
Wilde: Die Erzählungen und Märchen 5
Wilde/Oski: Das Gespenst von Canterville 344
Wilde: Salome 107
Wilde. Leben und Werk 158
Wührl: Magische Spiegel 347
Der Zauberbrunnen 197
Zimmer: Yoga und Buddhismus 45
Zola: Nana 398
Zschokke: Hans Dampf in allen Gassen 443